堀江貴文
井川意高



# 東大から刑務所へ

GS
幻冬舎新書
470

# はじめに
# 刑務所に入って良かったと思っている

囚人番号2815番。この4ケタの数字が、喜連川社会復帰促進センター（喜連川刑務所）で暮らした3年2カ月間、私に付された符号だ。

オヤジ（刑務官）から番号を告げられた瞬間、「きれいな数字じゃねえな」と内心毒づいた。右の2つの数字（1と5）を足し算しても、左の2つの数字（2と8）を足し算しても、いずれも8にも9にもならない。「バカラ」では「9」が最強だから、「6」では勝負に勝てない。左の2つの数字は合計10だ。10以上の数字は、「バカラ」では1ケタ部分をカウントする。つまり「2」と「8」のカードを引いてしまったら、持ち点は0点と最悪だ。

「弱い数字だな」。喜連川刑務所の出だしは、バカラで言うと最悪の取り合わせであった。

1964年、私は大王製紙の創業家3代目として生まれた。「東証一部上場企業の御曹司」「1200坪の豪邸に住む華麗なる一族」などと、いささかオーバーに私を評する人もいた。裕福な家庭で生まれ育ったことは間違いないとは思う。だが幼少期から10代にかけての私は、創業家2代目の父から鉄拳制裁も含めたスパルタ教育を受け、厳しく育てられた。

東京大学法学部を卒業し、大王製紙に入社してからの私は、創業家の人間だからといって仕事に甘えや妥協を見せたつもりはない。むしろ創業家の人間だからこそ、厳しく自らを律しながら真剣に仕事に打ちこんできたつもりだ。27歳のときには、売上高200億円で赤字70億円の子会社に放りこまれて途方に暮れたこともある。あのときは岩盤に爪を立てる思いで必死に仕事に食らいつき、赤字体質の子会社の経営を立て直すことができた。

初めてカジノに出かけたのは、30代前半だった96〜97年ころだったと思う。友人家族らと出かけたオーストラリア・ゴールドコーストでのカジノは、ほんの余興程度の軽い遊びだった。それから10年間、年に数回出かけるカジノでの時間もまた、私にとって人生を棒に振るほどの意味あいはなかった。

私の人生が一挙に奈落へと転がり始めたのは、2007年に大王製紙社長に就任してからだ。「ジャンケット」と呼ばれる者のエスコートに乗じてカジノのVIPルームに出入りするようになってから、私の賭け金は常軌を逸した金額へと跳ね上がっていった。

バカラ一張りで3000万円。板子一枚下は地獄。あるときは目の前に20億円相当のチップを山積みし、狂乱の鉄火場でバカラを戦い続けたこともある。あるときは12億、15億という天文学的な勝ちも経験した。

限られた者だけが入ることを許されるVIPルームの入り口は、私にとって地獄の釜の蓋だったのだと思う。勝ったり負けたりで動かした賭け金の総額はいつしか100億円、1000億円どころか、延べで「兆」の単位にまで達していたらしい。

「12億円、15億円勝ったこともあるのだ。必ず再びマジックアワーがやってくるに違いない」。種銭など、とうに底をついていた。ファミリーが株を所有している子会社から億単位のカネを秘密裏に毎週借り続けた。その種銭を元手に、鉄火場で戦い続けた。だが鉄火場の業火は、情け容赦なく私のカネを炙り、熔かし続けた。そしていつしか、私の負け金総額は106億8000万円にまで到達していたのだ。

もはや「カネの沼」は底なしの様相を呈していた。万事休す。2011年11月、私は会社法の特別背任容疑で東京地検特捜部に逮捕される。裁判では懲役4年の実刑判決が確定した。大王製紙創業家3代目として生まれながら、こうして私は鉄火場からムショへと叩き落とされてしまったのだ。

ムショに堕ちる直前、私はシャバでの人間関係を思いきって断捨離した。懲役4年の実刑をこれから受けるにあたり、これまでの前半生を一度リセットしたいと思ったのだ。私の携帯電話には、電話番号やメールアドレスのメモリーが1700件入っていた。このうち800件を思いきって消去した。シャバに再び戻ってきてからの後半生は、一緒にいて心から気持ちのいい人、居心地のいい人とだけつきあいたいと思ったのだ。

人間関係を断捨離してからやってきた刑務所での暮らしは、自由なシャバとは天と地ほどの差があった。なにしろ私は有数の進学校から東大を卒業し、創業家の3代目として一部上場企業・大王製紙の代表まで務めた人間である。シャバでは「社長」「会長」と呼ばれ、多くの部下を束ねてビジネスの最前線に立ってきた私が、ここでは犯罪者の巣窟に埋もれている。そのギャップたるや、想像を絶する苦しいものだった。

一方で、3年2カ月の実刑を食らったおかげで、良かったこともある。

私の事件によって人生の道筋が大きく変わってしまったり、多大な迷惑をこうむった方も大勢いるだろう。私が気がついていない範囲を含め、事件によって有形無形の被害を受けた方は数多いに違いない。私に言いたいことがある方も大勢いるはずだ。

もし私が執行猶予つき判決を受けていたら、「井川はなぜ制裁を受けず、大手を振って世間にのさばっているのか」と顰蹙《ひんしゅく》を買ったに違いない。その方々に対してきっちりケジメをつけるためにも、最底辺の場所でお勤めさせていただいたことには、大きな意味があった。懲役刑を勤めてきたからこそ、再びシャバを歩く資格があるのだと納得している。

私にとってもう一つ意味があったのは、長年の不摂生を是正して刑務所内で健康体になれたことだ。また、獄中でたくさんの本を読めたことも意味があった。思い返せば私がもつ知識の量は、東大時代が人生のピークだったと思う。社会に出てからは、アウトプットするばかりでインプットする時間があまりにも乏しかった。

獄中生活では、苦手だった理系の知識を補填するために講談社ブルーバックスの本をよく手に取った。キリスト教、イスラム教、仏教、神道などの宗教や古典、近現代哲学についても、広く浅く一通り勉強し直した。3年2カ月の間に、4年制大学の教養課程で学ぶべき前半2年分の勉強をもう一度やり直せたのだ。そんな話をしたら、娘はひとことこう言った。「3年いたってことは、1年留年したんだね」。〝留年分〟を含めての刑務所での学習の日々は、私の後半生におおいなる恵みをもたらすに違いない。

喜連川刑務所から私が仮釈放されるにあたり、「賭博等が行われている場所に出入りしないこと」という重要な条件がつけられた。満期になる2017年10月2日まで、このルールは厳しい手かせ足かせとなる。国内の闇カジノなど、違法な賭博場に出入りした瞬間、私の仮釈放は取り消しだ。

無論、パチンコ、カネを賭けない麻雀など、違法性のないギャンブルは仮釈放中にやっても一向にかまわない。それすら禁じるとなれば、警察官は日本中のパチンコ店で客を逮捕しなければいけなくなる。

刑務所で凝り固まった体を、リハビリを兼ねて少し解きほぐす必要もあろう。仮釈放中の身でありながら、私は古くからの仲間たちと愉快なゲームに興じてみることにした。こうして２０１７年4月30日、私はインターネット放送「ＡｂｅｍａＴＶ」の酔狂な企画「坊主麻雀」に出場したのだ。

対戦相手は「たかぽん」こと堀江貴文氏、元競輪選手の中野浩一氏、元関脇の貴闘力氏だ。優勝者には賞金５００万円が与えられ、最下位はその場で丸坊主にされなければならない。坊主ならば、喜連川刑務所での定番のヘアスタイルだった。たとえ負けようが、望むところである。私はシャバで久しぶりの鉄火場に臨んだ。

果たして、私はこの「坊主麻雀」で優勝し、５００万円を獲得してしまった。２位は中野浩一氏、３位は貴闘力氏だ。ドン尻はたかぽんとなり、彼は長野刑務所時代の丸坊主に逆戻りしてしまった。この戦いは、喜連川刑務所での憂《う》い生活に飽き足りなさを覚えていた私に、たまらなく愉快な刺激をもたらした。

マカオやシンガポールのカジノで１０６億８０００万円を熔かしたとき、バカラのテーブルにしがみつきながら「オレはまだ負けていない」と心のうちでうめき続けていた。それが決して虚妄ではなかったことを「坊主麻雀」で確認し、私は莞爾《かんじ》として微笑んだ。そして私は内心、独りごちたのだ。

「最後の1円がなくなるまで、ギャンブルの勝ち負けは決まらないんだぜ」
2017年8月2日　懲役4年の満期まで、残りちょうど2カ月を前に記す

井川意高

東大から刑務所へ／目次

## 第3章 人生で一番の孤独 77

# 第0章　おかえり井川さん

～出所直後の井川さんをお出迎え～

## カジノ法案可決の夜に刑務所からシャバへ

**堀江**　井川さん、長らくのお勤めご苦労さまでした。

**井川**　最高裁判所で懲役4年の実刑判決が確定したのが2013年6月26日、いろいろ身辺整理してから「アカ落ち」（下獄）したのが2013年10月3日だったかな。

**堀江**　いきなり刑務所行きではなくて、いったん東京拘置所に移送されたんですよね。

**井川**　そうそう。東京地検特捜部に逮捕された2011年、1カ月だけ暮らした東拘に2年ぶりに帰ってきた。2013年10月末に東拘から喜連川社会復帰促進センター（栃木県さくら市）に移送されて、喜連川で3年2カ月の刑務所暮らしだったのかな。

**堀江**　井川さんが仮釈放されたのは、2016年12月14日でしたか。クリスマス前にシャバに出てこれてラッキーでしたよね。あんなところで4年も連続で年を越したんじゃ、たまったものじゃない。それにしてもこの日の深夜、衆議院でIR（＝統合型リゾート）推進法案（通称「カジノ法案」）が可決されたのはすごい偶然でしたね。

**井川**　マカオやシンガポールのカジノで累計106億8000万円を熔かした私だけに、安倍晋三総理からの意味深な出所祝いだったのかもしれませんな。

## ムショから出て真っ先に食べたマクドナルドの「てりたま」

**井川** たかぽんは長野刑務所にどのくらい入ってたんだっけ。

**堀江** 井川さんが逮捕される5カ月前の2011年6月20日に、長野刑務所（長野県須坂市）に収監されました。仮釈放されたのが2013年3月27日だから、刑務所暮らしは1年9カ月ですかね。

**井川** たしかあのとき、出所してマクドナルドの「てりたまセット」を即行で仕入れて食べたのがニュースになっていたよね。

**堀江** 刑務所にいて、もっとも恋しいのは、味が濃い食べ物だった。あそこにいると、とにかく味が濃いものを食いたくなる。

**井川** たしかに、喜連川のメシも味がやたらと薄かったな。

**堀江** 刑務所内で味が濃い食べ物って、甘いものしかないんですよね。塩分濃度が厳密に制限されているから、塩味がきいた食べ物なんて、たまに出てくるレトルト食品とか、サバの味噌煮くらいしかない。カレーですら薄味のスープだから、ふざけんじゃねえといつも思ってた。

## シャバで初めて口にした焼き肉とシャンパン「クリスタル」

**堀江**　井川さんは、3年2カ月ぶりに戻ったシャバで一番最初に何を口にしましたか。

**井川**　出所したその日はムチャクチャ忙しかったのよ。私の場合、長野から東京ほど距離は離れていないけど、それでも栃木から東京都心までは車を飛ばして2時間以上かかる。

東京へ着いたら、まず真っ先に霞が関の法務省内にある更生保護委員会へ出廷した。入所中、長らくお世話になった弁護士の古畑恒雄先生にご挨拶しなきゃいけないし、散髪もしたかった。刑務所に入っている間に、髪の毛が真っ白になっちゃったからね。一番恥ずかしかったのは、刑務所内で差し歯が抜けちゃったこと。歯抜けのみっともない姿を写真に撮られるのは不愉快だから、予約しておいた歯医者へあわてて出かけた。

**堀江**　僕も刑務所内でトラブって歯抜けになったけど、治療を受けて差し歯を入れられましたけどね。

**井川**　私の場合、差し歯が認められなかったんだな。そんなこんなでバタバタしているうちに、ご飯を食べそびれたまま夜になっちゃった。シャバで初めての食事は、四谷の焼き肉屋「名門」へ出かけて食べたんですよ。

**堀江**　井川さんはかなりの飲兵衛だから、3年2カ月ぶりの酒は甘露の楽しみだったでしよ。1杯目の酒は何を飲んだんですか。

**井川**　シャバで口にする1杯目がビールというのも癪に障るから、1杯目の酒はルイ・ロデレールのシャンパン「クリスタル」を選んだよ。「出所後1杯目の酒は五臓六腑に染み渡る」なんてオーバーなことを言う人もいるけど、感動は全然なかった。

**堀江**　刑務所生活が長く続いて、味覚が少しおかしくなっていたのもあるかもですね。僕の出所パーティのときも友だちが来まくってドンチャン騒ぎだったから、食ったり飲んだりするどころじゃなかった。

**井川**　ああ、それは私も一緒かな。焼き肉屋に来てるのに、みんなとしゃべるのに忙しくて肉どころじゃない。

**堀江**　肉やシャンパンよりも会話に飢えてるから、とにかくしゃべりたくて仕方なかったでしょ。久しぶりに、面会室以外の場所でかわいい女の子と会えるのもアガる。

**井川**　こっちの出所パーティは、男の経営者だらけだったけどね。

**堀江**　もう、しゃべりたくてしゃべりたくてしょうがなくて、全然寿司どころじゃない。

**井川**　私も、肉は本当にチョコっと食べただけじゃなかったかな。

**堀江**　僕のときも、シャンパンを飲みながらひたすらしゃべってた。僕が出所した夜は西麻布の「すし通」という寿司屋に行ったんですよ。「堀江さんが帰ってきたときには、最高のネタを用意してお待ちしてますから」と言ってた大将がかなり張り切ってたんだけど、僕が全然食わないから、軽くムッとしてた。

**井川**　寿司や焼き肉やシャンパンよりも、他愛もない会話、気の置けない仲間と過ごす時間のほうがよっぽどありがたいんだよね。刑務所に何年も入ったところで、そういうシャバっ気はなかなか抜けるもんじゃない。

**堀江**　出所祝いの焼き肉パーティのあと、2次会はどこへ行ったんですか。

**井川**　西麻布までカラオケに繰り出した。さすがに朝までコースというわけにはいかなくて、夜中の1時半ころ解散したけどね。

**堀江**　断酒すると肝臓が復活するという説もあるけど、井川さんはどうでしたか。

**井川**　ひどい目に遭いましたわ。私はもともと酒が強いほうなんだけど、ほぼ毎晩飲み歩いていたものだから、γ-GTPの数値がかなりまずいことになっていたんですよ。3年2カ月の獄中リハビリで肝臓が復活したと思っていたんだけど、入所前とは比べものにならないほど酒に弱くなっていたらしい。シャバに出てきて翌日の朝は、人生最悪と言うほどすごい二日酔いになっちゃった。

なにしろスマホを触る気すら起きない。病院に出かける元気もない。ほぼ48時間何も口にできなくて、ずっと横になっているしかなかった。ベッドに寝ていると、胃液がすぐそこまで上がってきて吐きそうになるわけ。胃液の酸でやられたせいか、ノドが痛くて痛くてたまらない。声はガラガラになっちゃった。

**堀江** 急性アルコール中毒に似た症状だったのかもしれませんね。

**井川** 何も口にしないわけにもいかないから、丸2日たってから近所の喫茶店に出かけたわけですよ。そこで定食でも食べて調子を戻そうと思ったんだけど、味噌汁を一口飲んだ瞬間「うわっ!」となっちゃった。ノドの奥をタワシでこすられているような、刺すような痛みで味噌汁すらノドを通らない。

結局、出所翌日から3日間はバナナもノドを通らなかった。リンゴジュースやゼリー状の流動食をちょっと口にしながら、ほうほうのていで過ごしましたよ。

シャバにいたころは、毎日夜中まで遊び歩いてもまったく問題なかったのに。3年2カ月の刑務所生活は、私の肉体をそれなりに蝕んでいたらしい。刑務所なんざ、そうそう長く入るもんではありませんな。

# 第1章　華麗なる経営者時代

## ホリエモンと井川モッタカの出会い

### 生まれたときから運命づけられていた大王製紙への入社

**堀江**　井川さんって、大王製紙の創業家に生まれたんでしたよね。何代目でしたっけ？

**井川**　私が井川家の3代目。大王製紙は、祖父・井川伊勢吉が昭和18年（1943年）に創業したのよ。2代目の社長は父・井川高雄が継いだ。64年生まれの私が大王製紙に入社したのが87年、5代目社長に就任したのが2007年だった。

**堀江**　創業家のサラブレッドということで、生まれたときから大王製紙社長になることは運命づけられていたわけですよね。

**井川**　小さいころから、そのことにはなんとなく気づいていた。だから、大学時代には就活する必要なんてゼロだった。オヤジの井川高雄は、慶應義塾大学の入試に落ちて1年浪人しているうえに、留年までしてるのよ。1浪1留して2年無駄にしてるんだから、2年とは言わないまでも、オレにも1年ぐらい遊ばせろと。

**堀江**　東大を卒業したあとストレートで大王製紙に入っちゃったら、創業家の宿命として、社長なり会長を引退してアガリになるまでは一生仕事漬けですもんね。

**井川**　そうそう。東大の卒業が見えてきたころ、オヤジにこう言って交渉したんだ。「あんたは大学を卒業するまでに都合6年かかってる。社会に出るまでに、要するにほかの人よりも2年遅れてるわけだ。オレはストレートで東大に入ってストレートで卒業するんだから、1年ぐらい遊ばせてくれよ。どうせ大学を出たら、一生仕事ばかりしなきゃいけないんだろ」

オヤジとしては、創業家の息子にただブラブラ遊ばれたらかなわん。「会社に入ったら簿記会計の知識が必要だ。今のうちに勉強しておけ」と言われて、東大卒業後に、神田にあった村田簿記学校（現・東京経営短期大学）に1年間通ったのよ。まあ夜は毎晩遊び歩いてたけどね。

## 先輩経営者たちと夜の六本木を制覇

**堀江**　井川さんと初めて会ったのは、たしか僕が東京地検特捜部に逮捕される直前でしたよね。だいぶ前のことだから、ほとんど記憶にないけど。

**井川**　2004年ごろ、近鉄バファローズやニッポン放送やフジテレビを買収しようとして、毎日ニュースやワイドショーに名前が出てたでしょ。たかぽんと初めて会ったのは、そのちょっとあとの2005年末だったと思う。ライブドア事件がとんでもない騒動になる半年くらい前だったかな。私が六本木のラウンジかなんかで飲み会をしているところに、共通の知人がたかぽんを連れてきて知り合いになった。

**堀江**　僕が東京地検特捜部に逮捕されたのは、2006年1月でした。

**井川**　まさか特捜検察に逮捕されるなんて思ってないたかぽんは、イケイケドンドンだったよね。あのころライブドアが、セシールを買収した。セシールは大王製紙の紙をたくさん買ってくれている上客だったから、「ウチのクライアントのオーナーさんか」と一目置いたんだ。ところがあなたは、形だけの名刺交換をしたらロクに挨拶もせず、デーン！と真ん中の特等席に座るわけよ。

**堀江**　ははは。それは失礼しました。

**井川**　次に会ったときは、もっとひどかった。六本木の会員制カラオケバーかなんかで会ったら、たかぽんは当時のカノジョを連れてたわけだ。そんで私には「ああどうも」と、これまた形だけの挨拶をして、取り巻きの連中に「お前ら飲め！」とけしかけてドンチャン騒ぎを始めたんだよね。「これはかなわん」と思って、ドンチャン騒ぎするたかぽんを置いてコソッと中座したんだけど。

**堀江**　いや〜、それも失礼しました。あのころまわりに近寄ってきていた連中は、僕が逮捕された瞬間、クモの子を散らしたように一斉にいなくなっちゃいましたけどね。男飲みなんておもしろくもないから、あのころはかわいい女の子を呼んでワーワー騒ぐ系でした。

男飲みをするのは、藤田晋（サイバーエージェント社長）君や熊谷正寿（GMOインターネット社長）さんとつるむときくらいだったかな。あとは普通の会食がたまにあった程度です。井川さんの場合、一部上場企業のエグゼクティブだとか、僕とは違った交友関係だったんじゃないですか。

**井川**　ワコール2代目の塚本能交《よしたか》社長夫妻や「家庭教師のトライ」創業者の平田修会長、中山製鋼所3代目の中山雄治社長、東映の渡邉亮徳副社長といった方々には、東大の学生時代からずいぶんかわいがっていただいた。

20代半ばのころは、平田修会長、四国新聞や西日本放送のオーナー平井卓也さん（現・自民党衆議院議員）、平井さんの親友だった穴吹工務店の穴吹英隆社長あたりにくっついて、六本木の店を開拓したものだよ。バブル経済の真っ盛りだった90年前後には、毎晩のように六本木や銀座を渡り歩きましたな。

まあでも、私もたかぽんと同じく、だんだん男飲みは減っていったかな。

## 軽井沢&京都・先斗町で飲み倒す

**堀江**　井川さんとは、六本木や西麻布以外にもいろんなシチュエーションで一緒に飲みましたよね。京都の床でドンチャン騒ぎしたときもすごかった。

**井川**　毎年5月頭から9月末にかけての季節は、先斗町の鴨川沿いがご機嫌なんだよね。夜風に吹かれながら、川床で酒を飲める。地元の人は「川床」じゃなくて「床」って呼んでるけど。

**堀江**　床以外にも、軽井沢にある井川さんの別荘にも一緒に行ったっけ。あそこはプールがついていてゴージャスだったな。

**井川**　思い出した。軽井沢の別荘で飲んだあと、近くのスナックに繰り出したんだ。スナックのオネエチャンやママさんたちと盛り上がって、ウチの別荘のプールサイドに連れてきてさらに飲んだよね。軽井沢は風営法がけっこう厳しいから、夜遅くなると店が完全に閉まっちゃう。

**堀江**　「よし、これからウチで飲み直そう」みたいなノリでしたよね。

**井川**　ちなみに軽井沢の別荘には、藤原紀香さんが友人と遊びに来たこともあった。あのときは5〜6人で2泊3日の旅行だったんだけど、みんなでプールやサウナに入ってリラックスしたんだよね。アヤシイ肉体関係はなしの健全な友人関係だったけど。
その話を拡大解釈されて、のちに「井川意高は藤原紀香とつきあっていた」なんて風聞が流されたのは迷惑した。そんな事実があるとするなら光栄だけど、ただの仲の良い友人であって、恋愛関係はなかったわけだからね。

**堀江**　ありがちな話ですよね。みんなでワイワイ盛り上がっている席に、友人の友人とか、女衒の紹介とかで初見の女の子が交じってくることは。1回顔を合わせたり、1回飲み会で一緒になっただけなのに「あいつとオレは飲み友だちなんだよ」と言い募るヤツもいる。
でも、ドンチャン騒ぎなんて、所詮は一瞬の快楽でしかない。酔っぱらったら記憶が飛ぶことだってありますしね。きれい事に聞こえるかもしれないけど、僕にとってはあのころも仕事こそが最大の娯楽だったんですよ。

**井川**　たかぽんは派手に遊んでいるように見えてたけど、こんなに仕事に真面目な人はいないよね。

**堀江**　いつぞや井川さんから「経営者は目立つとろくなことはないよ」と言われたことが

ありましたよね。たしかに、ライブドアが日本中から注目されて話題になりすぎたせいで、ろくなことにはならなかった。なにしろ、「これが犯罪と言えるのか」という案件が立件されて、東京地検特捜部に逮捕されて刑務所にまで入れられちゃったんですから。

**井川**　うん。「有名税」なんて冗談じゃないよ。有名になりすぎると人生ろくなことがない。願わくば、有名でも無名でもない中間くらいの立ち位置で、平和に生きていきたいものですな。

ムショの教え

人間、有名になると
ロクなことがない

井川意高

仕事に勝る
娯楽はない

堀江貴文

# 第2章

# 悲劇は、いつも突然訪れる

## ライブドア事件とホリエモン逮捕劇

### フライングだったNHK速報「ライブドアに強制捜査」

**井川**　東京地検特捜部がライブドア本社やたかぽんの自宅にガサ入れしたとき、何か予兆はあったんだろうか。

**堀江**　ガサ入れがあったのは、2006年1月16日の月曜日でした。東証マザーズの場がまだ引けてなかった午後4時過ぎごろ、NHKが「ライブドアに強制捜査」という速報を打ったんですよ。広報のスタッフが「社長、『ライブドアに強制捜査が入る』って速報が出てますよ！」とあわてて報告してきて「え!?　マジかよ！」とビビった。さすがに社内はザワザワしていましたよ。

「でもウチに捜査なんてまだ来てねえよな。ちょっと連絡とれ」と部下に言って、とりあえず東京地検に電話をかけて確認してみました。

**井川**　「もしもし。こちらライブドアですけど、特捜はこっちに来る気ですか」って。当事者がNHKのニュースを見て、電話で確認したのか。すごい話だ。

**堀江**　「こっちに来る予定はあるんですか」と訊いてみたら、東京地検は「いや、ありません」と電話口ではっきり答えた。なのに、その何時間かあと、午後6時過ぎか7時ころだったと思うけど、NHKが言ったとおり東京地検特捜部がガサ入れにやってきた。当時の報道を見るとわかるけど、もう外は暗くなっているんですよ。

**井川**　それはおかしな話だな。普通、ガサ入れというものは朝一番にやるものじゃなかろうか。夜7時に作業を始めたら、検察官もガサを受ける側も徹夜になっちゃうじゃないか。

**堀江**　そうなんですよ。なんでいきなりガサ入れなんて受けなきゃいけないのか意味がわからないし、手の打ちようもなかった。寝耳に水ですよ。NHKの速報は、番記者が間違えてフライングしたとしか思えない。ガサ入れなんて予定してなかったのに、NHKが間違えて先走ったせいで、あわてて検察が動かざるをえなくなったのではないかとしか思えないほど、不可解なタイミングでした。

## 上場企業に月曜日のガサ入れなんてありえない

**井川**　暗くなってからガサ入れを始めたのも妙な話だが、もっとおかしなことがある。なんで月曜日にガサ入れなんてしたんだろう。

**堀江**　そうなんですよ。だってライブドアはマザーズ上場企業だったわけですよ。東京地検特捜部が動けば、株価にものすごい影響があります。だからガサ入れをやるにしても、上場企業相手となると、普通は金曜日なんですよ。月曜日にやるなんてありえない。実際、検察はこの点についてけっこう批判を浴びました。

これは推測ですけど、ライブドアが入っていた六本木ヒルズや僕の自宅周辺に、検察官がロケハンにやってきたんじゃないでしょうか。そいつをＮＨＫの記者が見つけて「今日がガサ入れだ！」と勘違いしたんじゃないか。

**井川**　記者は出待ちをしたりあちこちチョロチョロしながら、取材対象者の動きをウォッチしていますからな。

**堀江**　あとからわかったことですが、東京地検特捜部がライブドアを内偵していたことは事実です。内偵中だということに気づいていた記者は、ＮＨＫをはじめごく一部でしたが。

**井川**　内偵が進んでいたということは、いずれにせよガサ入れはカウントダウン状態だったのか。内偵がどこまで進んでいるか調べていたＮＨＫの記者が、顔見知りの検察官を見つけて勘違いした可能性はありうるね。本当は1月16日の月曜日じゃなくて、別の日にガサ入れするつもりだったんじゃなかろうか。ＮＨＫが速報を打ったせいで、異例ではあるが月曜日に、それもヘンな時間帯にあわてて動いたのかもしれない。

**堀江**　強制捜査の速報が出てから3時間くらいあとに東京地検特捜部がやってきたので、かなり妙なタイミングでした。普通は速報が出た瞬間には、ガサ入れがスタートしているかどうかの境目のはずですから。

## 東京地検特捜部による無理筋の捜査

**井川**　たかぽんの中で「ライブドアは当局からにらまれている」という認識はあったの？

**堀江**　いえ、まさか東京地検特捜部が強制捜査にやってくるなんて、まったく頭にありませんでした。罪の意識なんて全然ないから、ＮＨＫの速報が出てからも証拠隠滅なんて考えもしませんでしたよ。

**井川**　ガサ入れは人生初だと思うけど、検察官のファースト・インプレッションはどうだったの。

**堀江**　検察官が捜索令状をピッとチラ見させてから、いきなりオフィスの中に入ろうとするわけですよ。「お前、ちょっと待て。その令状をちゃんと見せろ」と言って令状を凝視したら、「証券取引法違反」「ライブドアファイナンス（子会社）に対する偽計取引及び風説の流布」とかナントカ書いてあった。株式を百分割して株価をグチャグチャにしたことが、証券取引法違反という理屈らしいんですよ。

**井川**　あの百分割は、株式市場の歴史上前例がないと話題になったよね。かなりトリッキーな手だったことは間違いない。それが証券取引法違反と言えるのかどうかは別として。

**堀江**　百分割に関しては、弁護士チームによるコンプライアンスチェックをメチャメチャ徹底的に入れているので、証券取引法違反なんてことはありえないんですよ。中にはちょっとアヤシゲな「黒に近いグレー」と言える取引も検討されていたんです。そこに関しては、弁護士チェックの段階で「これは危ないから絶対やめるべきです」と指摘されたことを僕は鮮明に覚えている。

プロの法律家を入れてチェックしてから実行した取引に、違法性なんてまったくあるわけがない。「絶対合法だ」という自信があったので、捜索令状を見た瞬間「いやいや、これはないでしょ」と反発しましたよ。「これに関してはまったく問題ないよな。何かほかに本丸があるんだろ」と検察官にツッコミを入れました。

**井川**　裁判官が出す捜索令状には強制性があるから、それでも家宅捜索は自動的に始まっちゃうよね。全然納得してないし、寝耳に水でワケがわからない中、ゾロゾロやってきた特捜検察御一行が段ボールにいろんなものを詰め始めたわけだ。

**堀江** ガサ入れのタイミングもそうですし、あの捜索令状には今でも全然納得していません。

## 「パソコンをもっていかれたら仕事ができねえじゃねえか」

**井川** 東京地検特捜部のガサ入れって何十人も捜査員がやってきて、トラックで乗りつけて段ボールにどんどんブツを詰めこんでもっていっちゃうでしょ。

**堀江** そうなんですよ。こっちはIT企業なのに、あいつらはいきなりパソコンをもっていくと言うわけです。「いやいや、ちょっと待てよ。これがなくなったら、オレら明日から仕事がまったくできねえだろ」って。しょうがないので、技術系の社員にあわてて新しいパソコンを買ってこさせて、その場でデータを全部コピーしましたよ。

**井川** 「データをコピーしてるフリして消去してるんじゃねえか」と疑われたでしょ。そもそも、よくその場でデータのコピーなんて許してくれたね。

**堀江** 相当交渉しましたよ。「今パソコンをもっていかれたら、オレたちは仕事できなくなるじゃねえか。ふざけんな」と言って時間稼ぎして、コピーが終わったあと「終わったよ。ほら、もってけよ」と言ってやりましたよ。

それから、これまた不愉快なことに、あいつらは元カノの家にまで押しかけたんです。元カノの家に、僕が1年くらい前まで使っていたパソコンがあったんですよ。そのパソコンに昔のメールとかが全部残っているから、検察は中身を見たかったらしい。「そのパソコンのパスワードを教えろ」と言うわけです。

「なんでお前に個人用のパソコンのパスワードなんか教えなきゃいけねえんだよ。悪用されたら困るだろ。とりあえずそのパソコンをここにもってこい。もってきたらオレがパスワード入れてやるから」と言ったら、検察官がすげえ面倒くさそうな顔してた。

**井川**　たいしたもんだ。普通は東京地検特捜部が大挙してやってきたら、縮み上がってオドオドするものだけどな。初めての体験なのに、ガサ入れが始まった瞬間から徹底抗戦だったんだ。

**堀江**　そうやって対決姿勢のファイティングポーズをとりすぎたのは、今考えると得策じゃなかったかもしれません。そんなこんなで、資料の押収にものすごい時間がかかっちゃった。ただでさえスタートが暗くなったころだったのに、朝方までずっと作業が続きましたから。

僕らも朝までガサ入れにつきあったあと、ウチの一番デカい会議室にマスコミを全部入れて緊急記者会見を開きました。200社くらい来てたんじゃないですかね。その場で全部の質問に答えました。広報担当の役員からは途中で「社長、これくらいでいいんじゃないですか」と言われたんだけど「いや、全部答えるから」と言ってすべて答えた。そんで、徹夜明けでようやく裏口から脱出して家に帰った。「不当捜査だ」と頭にきていたから、あのときは意地になって突っ張りましたよ。

## 紙切れになったライブドア株

**井川**　ガサ入れ後の市場は大荒れだったでしょ。

**堀江**　ライブドアの取引だけが1時間に短縮されて、株価は暴落して大変でした。ライブドア株はメチャクチャ売りこまれましたよ。1株700円近かったのに、ガサ入れのせいで一気に1株100円を割りこんで、一時は1株76円くらいまで暴落したんじゃなかったかな。

ガサ入れが始まった瞬間から、検察はマスコミにリーク情報をどんどんタレ流して情報操作するわけです。ライブドアはとんだ犯罪集団みたいな扱いでした。ただ、ライブドアは現金をものすごくたくさんもっているキャッシュリッチな会社だったから、いきなりつぶれはしませんでしたけどね。株主はみんな疑心暗鬼になっちゃって、ものすごい勢いで株を売りこまれて大変でした。

**井川**　たかぽんと知り合ったのも縁だからと思って、私もライブドアの株を10万株買ったんだよ。あのときの暴落のせいで、6000万円だかパーになったんじゃなかったかな。まあ、東京地検特捜部様には誰も逆らえないし、気にしてないけど。

**堀江**　それはすみませんでした。株式が紙切れ同然になるわ、あとで株主から集団訴訟を起こされて巨額の賠償金を支払うことになるわ、さすがに僕もこたえました。

## 「特捜部が強制捜査したら100%逮捕だよ」

**井川**　それにしても、たかぽんはガサ入れの予兆に全然勘づいてなかったんだ。「そろそろ来そうだな」と事前にわかってたら、いろいろ準備できたのにね。

**堀江**　ライブドアの顧問弁護士の中に、ヤメ検弁護士（検察官出身の弁護士）が1人だけいたんですよ。そいつに「今から一番いい弁護士を連れてきてくれ」と頼んで、弁護団を急ごしらえしました。

でもすでにこの時点で、僕と熊谷史人という役員以外は、みんな白旗を上げちゃっていたんですよ。宮内亮治という役員が会社のカネを自分のポッケに入れていたので、もしかするとそのへんがガサ入れの引き金になったのかもしれない。横領してた後ろめたさは宮内の中に明らかにあって、検察はそこをゆすりのネタにした。「おいお前、助かりたかったら堀江をつぶせよ」みたいな話になったんでしょう。

一発目のガサ入れ容疑はライブドアファイナンスの案件だったんだけど、社員は宮内の部下ばかりだったんです。だから最初から「もうボス（宮内）が白旗を上げたんで、僕たちも白旗で〜す」みたいなダメな感じだった。大ピンチのときこそ、人間の粘り強さと胆力がはっきり出ますよね。

**井川**　せっかく弁護団を結成したのに、東京地検特捜部がやってきた瞬間、みんなビビり上がっちゃったんだ。まあ、普通はそうだろうけどな。

**堀江**　僕は「戦おうよ。とりあえず今強制捜査の対象になっているライブドアファイナンスの件に関して言うと、絶対大丈夫だから」と説得したんですけど、みんな完全に白旗モードで話にならなかった。

「社長はまだ33歳だから、裁判が全部終わって事件が片づいても40歳ぐらいでしょ。オレたちはもう50代だからな。オレたちは社長と違ってやり直しできないから、あきらめま～す」、そんな感じでした。

**井川**　となると、以後の事情聴取で次々とライブドア側が切り崩されて、特捜検察主導の調書が作られていくことになりますな。捜査の過程でリーク情報がさらにバンバン流されて、ライブドア＝犯罪者集団というイメージがメディア報道によって作られていく。

**堀江**　ヤメ検の弁護士が言っていましたよ。

「社長、特捜が強制捜査にやってきたら、100％逮捕されます。逮捕されて起訴されるところまでは間違いないですから。だから、あとは起訴後に裁判で無罪が勝ち取れるか、それとも実刑になるかの瀬戸際でがんばるか。あるいは、有罪になることを前提に、最初から執行猶予つき判決を狙いにいくかどっちかですよ」

こっちはそんなこと全然知らないから「マジか」と思った。「もう決まってるから」と弁護士が言うもんだから「えーっ！　そうなの!?」みたいな。ガサ入れがあったのは1月だったから、会社に来るときはいつも暖かい格好を用意してきましたよ。

**井川**　ははは。いつ逮捕されるかわからないからね。たかぽんのことだから、自宅から会社までドア・トゥ・ドアの移動だからといって、冬でも薄着だったんじゃないの。そんなとき、Tシャツ姿で連行されたんじゃかなわない。

**堀江**　「社長、次に『任意』という名目で事情聴取に呼ばれたら、そのまま身柄をもっていかれるから覚悟しておいてください」とも言われた。実際そのとおりになりましたよ。ライブドアは六本木ヒルズの38階に入っていたんですけど、1週間後に40階に呼び出されて「じゃあ行きましょうか」と逮捕されちゃった。

**井川**　逮捕までの1週間は針のむしろですな。

**堀江**　なんだかわからないけど、社員が続々と任意で連れていかれるんですよ。僕のところには、任意の事情聴取なんて一切なかった。事情聴取が終わって帰ってきた社員に「どうだった？　どうだった？」と訊いてみると、みんな完全に打ちひしがれている雰囲気だった。

新聞に書いてあるリーク情報なんかを読んでいたら、「なるほど。こういう立てつけで攻めようとしているのだな」と見当はつきました。「ファンドがやっていた取引を、損益取引ではなくて資本取引と認定して、赤字だった経常利益を黒字に偽装した」――そんな構図にしようとしていることは予測がついた。

弁護団とは「そんなものは事実とは異なる。だったら戦えるじゃん」と話してたんだけど、社員はみんな完全に弱っちゃっていた。東京地検特捜部がやってきたら、よっぽど神経が太いヤツでも一発でヘタレちゃう。やってないことまで「やった」と認める必要なんてないのに。だけど「徹底抗戦してやろう」なんてヤツは誰もいなかった。

## 密かに進んでいたライブドアつぶしの予兆

**井川**　それにしても、ライブドアへのガサ入れと、時の人だったたかぽんの逮捕は電撃的だった。経済界のトップランナーとして躍り出て、プロ野球チームやラジオ局やテレビ局まで傘下に収めようとしていたたかぽんが、鮮やかなまでに転落した。

**堀江**　ライブドア事件の予兆は、今にして思えばあることはあったんですよ。2005年2月にニッポン放送の株を大量取得したときに、「ToSTNeT」(Tokyo Stock Exchange Trading NeTwork System) という、東京証券取引所が開設している時間外取引を使いました。あのときは金融庁にアクションレターを送って、「これは市場内取引にあたる」というお墨つきを得ています。

あわてたフジテレビは、株式取得差し止めの仮処分申請を出しました。五味廣文・金融庁長官(当時)はあのとき「いや、これは市場内取引であって合法だ」と異例の声明を出した。なにしろ、我々は金融庁にアクションレターを送っていたわけですしね。あのあたりの段階から、どうも特捜は「ライブドアについて何かやれないか」と動いていたみたいです。

**井川**　具体的に、東京地検特捜部がライブドアまわりでチョロチョロしてた形跡はあるの？

**堀江**　ソフトウェア事業部で部長まで務めて辞めた元社員から、2005年12月に突然電話がかかってきたんですよ。「堀江さん、僕東京地検に呼ばれて、ライブドアが赤字会社を買収した件について訊かれました。『僕はそんなこと何も知りません』『何も知らないんですよ』と言って終わりましたけどね」と言うんです。どうも、特捜はライブドアを辞めた元幹部や元社員を狙ってヒアリングを始めていたらしい。

僕は東京地検なんて興味がなかったので「お前、ヘンな人に騙されてるんじゃねえの。大丈夫か」と言ったくらいです。

**井川**　あとから考えれば明らかにライブドアつぶしの予兆なんだけど、そのときは何が起きているのかまったくわからなかったんだ。まあ、たかぽんも忙しい人だし、ニッポン放送やフジテレビと毎日戦争状態だっただろうから、検察がどうのこうのという話題はどうでもよかったんだろうね。

**堀江**　あのころはやりたい仕事がいっぱいありすぎましたから。毎日ニュースやワイドショーに名前がバンバン出て、日本のエスタブリッシュメントの連中に泡を吹かせている時期に、実は東京地検特捜部から狙われていたわけですよ。

**井川**　昔から「出る杭は打たれる」と言うとおり、目立ちすぎるとろくなことがない。人間の嫉妬ほど怖いものはありませんな。

**堀江**　本当ですよ。若いヤツが一代で成り上がってイノベーションを起こすのを、旧世代の連中はよしとしない。成り上がりを嫌い、成り上がりを寄ってたかってつぶす。こういう日本の風潮はつくづくくだらないと思う。

# ムショの教え

## 人間の嫉妬ほど怖いものはない

井川意高

## 「成り上がり」は真っ先につぶされる

堀江貴文

# 大王製紙事件と井川モッタカ逮捕劇

## 全日空ホテルから帝国ホテルへの極秘エスコート

**井川**　ライブドアへの家宅捜索が月曜日の夕刻だったという話が出たけど、あれは東京地検特捜部にとっても軽くトラウマになったと思うよ。あんなタイミングでガサ入れしたせいで、株式市場がどれだけ大混乱したか。東京地検特捜部の暴走のせいでライブドアの株が大暴落して、何の罪もない株主がメチャクチャな不利益をこうむってしまった。私もライブドアの株式をもっていたから、被害者の1人だけど。

**堀江**　あんなヘンなタイミングでガサ入れに踏み切ったのは、明らかに特捜のミスでした。彼らはあのころから思い上がっていたんですよ。

2009年に厚生労働省のキャリア官僚・村木厚子さんが逮捕されたあと、特捜検察は日本中から大顰蹙を買いました。よりによって、大阪地検特捜部長と副部長、主任検事がグルになって、ウソの証拠をデッチ上げていた。村木さんは冤罪で、特捜検察官のバカどもは逮捕されて有罪判決を受けたわけです。

**井川**　特捜検察解体論まで飛び出すほど、あの事件のインパクトは大きかった。たかぽんの事件のときもそうだったけど、特捜部が調子に乗ってたことは間違いない。だから私の任意捜査のときには、東京地検特捜部はムチャクチャ慎重に気を遣ってくれた。私の場合、いきなりガサ入れとか逮捕じゃなくて、最初は任意捜査から始まったのよ。

**堀江**　へえ。どんな配慮があったんですか。

**井川**　任意の取り調べは、逮捕1カ月前の2011年10月からコッソリ始まった。任意捜査が秘密裏に進んでいることは、絶対外部には察知されないような態勢を組んでくれた。検察の車で全日空ホテル（ANAインターコンチネンタルホテル東京）の地下の駐車場に行くでしょ。まるでスパイの尾行をまくみたいに車を乗り降りするわけよ。全日空ホテルの地下3階から上の部屋まで、検察官にエスコートされながら移動する。

ホテルの部屋で任意の取り調べが終わったあとには、検察の車が私を帝国ホテルの駐車場まで送ってくれる。そこでウチの車と待ち合わせて、サッと乗り換えるわけ。記者連中に写真を撮られたり直撃取材なんてされないように、動線を全部緻密に計算してくれた。私の逮捕がカウントダウンになっていることが記者にバレてフライング報道されたら、それこそたかぽんのときみたいに、大王製紙の株式が暴落しかねないしね。

**堀江**　本来はそれくらい配慮するべきなんですよ。起訴もされていない段階で犯罪者みたいに扱うこと自体、不当なんですから。ライブドア事件のころは村木厚子さんの事件が大騒ぎになる前だったし、特捜検察と聞いたら、みんなキムタク主演のドラマ「ＨＥＲＯ」みたいなイメージだったんじゃないですか。冗談じゃないですよまったく。

## 大物政治家への贈収賄を疑っていた東京地検特捜部

**堀江**　井川さんが任意の取り調べを受けているときには、東京地検特捜部はかなりの情報をすでに押さえている様子でしたか。

**井川**　いや、それが違うのよ。私の場合、大王製紙の子会社から毎週のように個人口座に億単位のカネが入ってきたでしょ。そのカネをジャンジャン引き出してカジノで熔かしちまったわけだけど。出入金の額のデカさを見た検察官は「向こう側に与党の大物政治家がいるんじゃねえか」と勢いこんだらしい。「あるいは政治家や役人じゃなくて闇社会にカネが流れてる可能性もある」ともにらんでいた。

**堀江**　ところが、そんな連中は誰もからんでいなかった。

**井川**　そう。私を取り調べた検事から言われたよ。

「井川さん、普通これだけの額のカネが動いてたら、誰だってアヤシイと思いますよ。もうホントに勘弁してくださいよ。1円単位までカネの出入りを全部調べたけど、笑っちゃいましたよ。調べてみたら、あなた百何億ものカネのうち99％を全部バクチに使ってるじゃないですか。残りの1％は飲食と女の子のために使ったって、我々はホントにガッカリしましたよ！」

**堀江**　まあたしかに、まさか106億8000万円ものカネをカジノで熔かしてるとは思わないですね。

**井川**　取り調べの途中で「井川さん、何か思い出せませんか」とさんざん言われるわけよ。「贈賄の時効が3年、収賄の時効が5年です。3年前から5年前までの間に、政治家にカネを渡してませんか」「井川さんの贈賄罪が時効になっているとしても、カネを渡した相手を収賄罪で挙げられるかもしれない」と根掘り葉掘り訊かれた。

こっちは政治家なんて全然関係ない商売をやってるわけだから、贈収賄なんてやる動機がない。そりゃつきあいでパーティ券を買うくらいのことはあったけどね。「いやあ、どう思い出しても出てきませんね〜」と何度も答えるうちに、ホントに何もないことがわかって、検事は心底ガッカリしていたな。

**堀江**　「井川家のファミリーが大半の株式をもってる子会社からカネを借り出してたわけだから、まさか捕まることはないよな」と思っていたんですよね。

**井川**　もちろん「なんとか返さないとヤバいな」とは思ってたけど、それが罪だとは思わなかった。延々とバカラをやり続ければ、いつかは負けを取り戻せると思っていた。こっちは込んだ負けを取り戻すことで頭がいっぱいだったし、まさか東京地検特捜部に逮捕されるなんて思いもよらなかった。自分が逮捕されるであろうという意識は、たかぽんと同じくゼロだったわけよ。

## 大王製紙特別背任事件のプロローグ

**堀江**　井川さんが子会社から巨額のカネを引っ張って使いこんだことは、なんで発覚しちゃったんでしたっけ。

**井川**　逮捕から8カ月前、2011年3月の段階で、父（井川高雄）が20億円の借り入れがあることに気がついた。子会社からのカネの借り入れは、隠蔽したわけでも粉飾したわけでもないのよ。私が借りたカネということで、決算書にも載ってるわけ。「個人事業に使う資金調達をした」みたいな言い方をしていたし、大王製紙の監査法人を務めていたトーマツも当然知っていた。父もそこに気がついて「おい、この借り入れは何なんだ」という話になった。

**堀江**　そのときは、どうやって問題を収めたんですか。

**井川**　さすがに父は怒り狂ってたよ。父には「FXで損失を出しちゃいまして」とウソを言ってとりつくろった。

**堀江**　大王製紙の役員レベルでも、井川さんが毎週末海外のカジノに繰り出してバカラをガンガンやっていたことには全然気づいていなかった。

**井川**　うん。気づかれてはいない。週末や休日に社員とつるむことなんてなかったし、プライベートな時間に何をしているかなんて、秘書にさえいちいち話さないからね。

**堀江**　なんで大王製紙の社内で問題が顕在化しちゃったんですか。

**井川**　内部からメールの告発文が出ちゃったのよ。北海道にある大王製紙の関係会社の人間が「実は井川会長がウチの会社からこれだけ借り出しをしています」という趣旨のメールを関連事業部（大王製紙の関係会社を統括する本社の部門）に送ってきたのよ。

ちなみに関連事業部の責任者は、当時常務を務めていたウチの弟だった。その弟が出張で不在にしている日をわざわざ見計らって、そいつは弟の部下に告発文を送ってきた。

**堀江**　それで社内が大騒ぎになっちゃったわけか。弟さんの留守中を狙い撃ちしているところを見ると、井川家を排除しようとするクーデターのようでもあるな。

**井川**　そうだね。現社長の佐光正義が創業家を排除するために仕組んだんだと思ってるけどね。

## 東京地検特捜部が内偵にやってきた日

**堀江**　東京地検特捜部による任意の取り調べが始まったのは、逮捕1カ月前の2011年10月だとおっしゃいましたよね。「逮捕されるかもしれない。ヤべえぞ」と深刻な危機感をもったのはどの段階ですか。

**井川**　社内メールで内部告発があったのが、2011年9月7日だったかな。それと同じころ、東京地検特捜部が内偵を進めていたらしいのよ。特捜は銀行に出かけて、私の個人口座や大王製紙の資産管理会社の出入金記録を照会したらしい。

**堀江**　銀行照会なんてガサ入れ一歩手前の強制権発動だから、すでにかなりヤバいじゃないですか。

**井川**　これは私の裁判を担当してくれたヤメ検弁護士の見立てなんだけど、個人の口座に億単位のカネが出たり入ったりしていると、銀行が「脱税してるんじゃないか」「裏社会にカネが流れてるんじゃないか」と疑うらしい。そして密かに警察なり検察なりに通報が行って、当局が動き始めるんじゃないか。これはあくまでも推測だけどね。

　銀行照会があったと聞いたときにも、まさか私個人がターゲットだとは思わなかった。東京地検特捜部が狙っているのは、ほかの誰かではなく私だとはっきり気づいたのは2011年9月15日で、すぐに私は大王製紙会長を辞任することに決めたわけよ。そして翌9月16日付で会長から退いた。

**堀江**　なんで会長を辞めちゃったんですか。

**井川**　父は「上場会社の会長がバクチでこんなカネ使って、責任をとらなきゃいかんだろう」と激怒していた。「まあ、それはそうです」としか言いようがない。私が辞めたところで、井川家は大王製紙の創業家だし、一族はみんな大株主でもある。

　父は悪いことは何もしていないし、ほとぼりが冷めたら、井川家が再び大王製紙で権力をふるえると過信してたんでしょう。

**堀江**　でも井川さんが会長を辞めたあと、お父さんは大王製紙から追放されちゃいましたよね。お父さんはカジノでのカネの使いこみとは何の関係もないのに、敵と見なされてしまった。

**井川**　オヤジは大王製紙顧問からもハズされちゃったから、申し訳ないことをしたと思う。彼は一度、倒産の憂き目を見た大王製紙を売上高5000億円の企業にまで育て上げた中興の祖だからね。社内メールでの内部告発から一連の後任人事まで見たとき、大王製紙事件は、井川家排除のためのクーデターの側面があったと私は今でも思ってるよ。

ムショの教え

自分が逮捕されるなんて
思いもよらなかった

井川意高

検察官は
思い上がっている

堀江貴文

## 「鬼の特捜」による取り調べ

### 意外に優しかった「鬼の特捜」

**堀江**　昔から東京地検特捜部は「泣く子も黙る鬼の特捜」なんて言われてるそうです。井川さんの取り調べのときには、けっこう厳しい局面もあったんですか。

**井川**　さっきも話題にのぼったけど、村木厚子さんの冤罪事件の直後に、検察はものすごいダメージを負ったでしょ。特捜検察が密室でとんでもないことをやっていた事実が明るみに出て、検察が思いきり叩かれた直後だったから、彼らはすごく当たりが優しかった。

なにしろ私の担当弁護士は「これは検察のリハビリ案件だね」「カジノで巨額のカネを使いこんだ特背（特別背任）ということであれば、絶対堅い案件だから世間に叩かれる心配もない」と言っていたくらいだ。

**堀江**　使いこんだ金額はケタハズレだし、報道されたときのインパクトも大きい。単純な案件だし、たしかに特捜検察が叩かれる要素は全然ないわな。

**井川**　私の取り調べ中、担当検事が声を荒らげた場面は1回しかなかった。もっとも、この検事には〝前科〟があるから慎重になっていたのかもしれんけど。

弁護士が言っていたんだけど、この担当検事は北海道で地元のゼネコンの収賄事件を捜査したとき、1人自殺に追いこんでるらしいのよ。取り調べ中に机をバンバン叩きまくって高圧的な取り調べをしたら、精神的にまいった相手が首をくくっちゃったらしい。そんな過去もあるせいで、私に対して高圧的な態度をとらなかったのかもしれないけどね。

## 「井川さん、これが桜田門の取り調べだったら大変だよ」

**堀江**　長時間密室で取り調べを受けていると、敵であるはずの検察官と戦友のようになると言う人がいますよね。検察が起訴しようとしている内容を認める流れだったら、むしろ捜査に協力しながら、少しでも実刑を短くしたり、執行猶予つきの判決をもらったほうがいい。
僕みたいに特捜検察にまったく協力せず、全面的に対決するなんて珍しいんですよね。普通は取り調べの過程で、検察官と次第に仲良くなったりするものです。
**井川**　私の場合も、担当検事の当たりは全然キツくなかった。
**堀江**　僕のときはキツかった。東京地検特捜部には、独自捜査ができる「特殊・直告班」

というモノモノしい名前がついた部署があるんですよね。それとは別に、脱税事件だの、国税局や証券取引等監視委員会、公正取引委員会から告発を受けて動く「財政・経済班」というチームもある。僕のときは、「財政・経済班」の副部長が取り調べを担当しました。

その副部長が「堀江、東京地検特捜部の副部長が出てきて取り調べをやるって、お前は30代なのにすげえ大物なんだよ」なんて言う。いやいや、そんなのどうでもいい。勘弁してくれと。

**井川**　ははは。私も取り調べ中にヘンなことを言われた。

「井川さん、これが桜田門（警視庁）の取り調べだったら大変だよ。桜田門の連中は、ひどい暴言なんていくらでも吐く。やっぱり井川さんは犯罪者としてもエリートなんですよ。留置場にぶちこまれて、所轄で調べられるのが一番下でしょ。次が本庁。次が東京地検。次は特捜なんだけど、大阪だの名古屋だの田舎の特捜もある。その上の東京地検特捜部に調べられるのは、エリート中のエリートだけなんですよ」

内心「うるせえ。そんなふうに褒められても全然うれしくねえぞ」と思ったけどね。

## 特捜事件の先輩・佐藤優から受けたアドバイス

**井川**　任意の取り調べを受けていた逮捕直前の期間は、今思い返せば異様な緊張感が漂っていた。たかぽんの場合はいきなりガサ入れがあって、1週間後に逮捕だったわけだよね。逮捕までの1週間はどんな感じだったの。

**堀江**　マスコミがメチャメチャ大勢張りこんでるし、飲みに行くどころじゃなかったです。毎日家と会社の往復でした。といっても、六本木ヒルズと隣の六本木ヒルズレジデンスだから近かったけど。井川さんは任意の取り調べが進んでいたとき、どうやって行動してたんですか。

**井川**　私の場合、たかぽんみたいに顔が有名でもなかったし、コソコソ目立たないように外でメシを食ったりしてたけどね。よく通ってた隠れ家的なバーでも飲んでいた。親しい友人である佐藤尊徳（「政経電論」編集長）さんと頻繁に連絡をとって会っていたっけ。特捜から銀行照会がかかったときも、真っ先に尊徳さんに相談したな。

尊徳さんの動きが早くて、特捜が動いていると察知した瞬間「そうだ、佐藤優（作家・元外務省主任分析官）さんに相談しよう」と言い出したのよ。

**堀江**　佐藤優さんは2002年、鈴木宗男さんがらみの事件で東京地検特捜部に逮捕されましたよね。特捜に徹底抗戦したものだから、東京拘置所で512日も勾留されたうえ、有罪判決を出された我々の〝先輩〟です。

**井川**　あのとき佐藤さんは「いい弁護士が2人いますよ」と紹介してくれた。1人は光市母子殺害事件を起こした少年の弁護を担当した、人権派で有名な安田好弘弁護士。もう1人は佐藤さんの裁判を担当した大室征男弁護士。いずれも刑事裁判に強いことで有名な弁護士なんだけど、私は大室先生にお願いすることに決めた。特捜案件をがっつり経験した佐藤さんがいたおかげで、あのときは助かったよ。

## エリエールのゴルフ大会開催に配慮してくれた特捜検察

**堀江**　弁護士ってホントにピンキリで、間違ってダメなヤツを選んじゃうと話にならないですよね。大室（征男）弁護士はどうでしたか。

**井川**　大室先生が随分頑張ってくれたようで、検察もはっきりとは言わないんだけど、私を逮捕するにしても時期は配慮してくれたようだ。村木厚子さんの事件が起きて、「検察の正義」が疑問視されていた時期だしね。さすがだと思ったのは、検事が「もうすぐ大王製紙にとって大きなイベントがありますよね」と言うわけよ。

**堀江**　大きなイベントって何ですか。

**井川**　大王製紙は毎年「エリエール　レディスオープン」というゴルフ大会を主催していて、2011年11月18〜20日に大会を控えていたのよ。あのゴルフ大会はテレビ中継もされるし、「エリエール」の看板を背負っているわけだから、私の事件とからめて会社の一大イベントに水をかけるのはしのびない。

「せめてエリエールオープンが終わってからの逮捕だとありがたいのだがな」と思っていたら、彼らもどうやら配慮してくれたようだ。ある日、任意の取り調べが終わるときに「次回は11月22日に来てください」と言われたのよ。11月22日ということは、レディスオープンが終わって2日後だよね。大室先生からは「11月22日ですか。この日に逮捕されると覚悟しておいてください」と言われた。案の定その日が逮捕だった。

## 「ホリエモンに関係する700人の女性リスト」

**堀江**　井川さんの場合、何が会社法の特別背任にあたるかははっきりしてたわけじゃないですか。

**井川**　うん。どこからどこまで違法性があるのか、特捜が起訴しようとしている案件の範囲ははっきりしていた。子会社からカネを引っ張っていた以外にやましいことは何もなかったから、「これ以上やられることはないだろうな」と安心していたよ。

**堀江**　僕の場合、井川さんが逮捕されたときとは全然状況が違うんですよ。なにしろ、特捜検察から何をどこまで立件されるのか全然予想がつかなかった。「これを違法とするならば、何でも違法にできちゃうじゃねえか」という焦りがあった。いろんな事件をデッチ上げられて、何回逮捕されるかもわかりませんでした。

弁護士からは「強制わいせつとか、全然別の事件で攻められるかもしれない」と言われましたよ。実際、「堀江貴文に関係する700人の女性リスト」が作られたらしい。

**井川**　なんだそりゃ。

**堀江**　あからさまな嫌がらせですよね。特捜検察は性犯罪なんて捜査する部署じゃなくて、大規模な経済事件とか政治家がらみの疑獄なんかを扱う部署です。僕が全然捜査に協力しなくて徹底抗戦してたから、とにかくできるだけ逮捕・勾留期間を長引かせたかったんだと思う。淫行捜査までやって、あわよくばヘンな女から被害届でも出させたかったのでしょう。

**井川**　「堀江貴文に関係する700人の女性リスト」は実際に見せられたの？

**堀江**　いや、もちろん現物は見ていません。あとから聞いた話によると、携帯電話の番号とか連絡先とか名刺とか、いろんなものが700人分もリストアップされていたらしい。誰とヤッたとか、こいつとはヤッてないとか、そんなことまで調べられていた。本筋とはまったく関係ない話です。

## タイ式マッサージ店にまで捜査にやってきた

**井川**　「700人リスト」の中に18歳未満の未成年が1人でも交じっていたら、淫行で追起訴されてたね。

**堀江**　ほかにもくだらない話を思い出した。よく行くタイ式マッサージのお店にすごくかわいい子がいたので、その子を口説こうと思ったことがあるんですよ。その子と仲がいい別のマッサージ師の子をみんな連れて「一緒に飲みに行こうぜ」と誘った。すると、僕の本命じゃない子が「なんで私じゃなくてあの子なの」とヤキモチを焼いたらしい。

そんで、特捜検察がその子のところに行ったときに「堀江は私のことをしつこく口説いてきた」とウソついたんですよ。お前なんか口説く気はねえっていう。検事はそいつのヤキモチにつけこんで、ヘンな調書を作ろうとした。

**井川**　検察はそれくらいのことは平気でやるでしょうな。

**堀江**　みんな「刑務所に入るなんてオレにはありえない。所詮は他人事だ」と思ってるだろうけど、全然そんなことない。検察からにらまれたら、どんな小さなホコリでも探し出されて罪人にさせられてしまう。逮捕されるかどうか、刑務所に入れられるかどうかなんて、実際は紙一重だと思う。

**井川**　私もそう思う。残念ながら、日本はそういうヤバい国なんだよね。

# ムショの教え

残念ながら日本は
ヤバい国なのだ
井川意高

この国では
一歩間違えれば、
誰もが刑務所の中に行く
堀江貴文

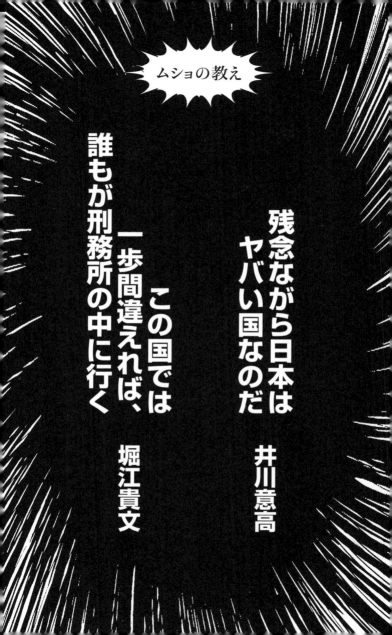

# 第3章 人生で一番の孤独

# 拘置所VS.刑務所

## エリート2人、東京拘置所に収監される

**堀江**　僕らは2人とも、東京拘置所では佐藤優さんみたいに長期勾留にならなくて良かったですよね。

**井川**　たかぽんは東京拘置所に3カ月くらいいたんだっけ。

**堀江**　2006年1月23日に収監されて、4月27日まで3カ月ちょっと暮らしました。井川さんはもっと短かったですよね。

**井川**　逮捕・収監されたのは2011年11月22日、東京拘置所から出てきたのがちょうど1カ月後の12月22日だった。弁護士の大室征男先生が正月くらいは外で過ごさせてあげたいと頑張ってくれたおかげだ。

ウチの弁護団は3人体制だったんだけど、拘置所まで交替で毎日面会に来てくれたのよ。申し訳ないので「毎日はけっこうですから」と辞退したんだけど「いやいや、僕らができるのはこれぐらいだから」と言って、その後も毎日面会に来てくれた。あれには本当に感

謝してる。
　大室先生はこれまで贈収賄事件をたくさん担当していて、ゼネコン系だと間《はざま》建設の社長を弁護したり、政治家の藤波孝生さんも弁護したらしい。
**堀江**　藤波孝生さんって、リクルート事件のときに受託収賄罪で刺された元官房長官だ。
**井川**　藤波さんの事件は東京地検特捜部案件だったけど、逮捕までいかず在宅起訴だったんだけどね。皆さん「私は絶対やってない。絶対にシロだから」と言い張るんだけど、「鬼の特捜」から連日ガンガン取り調べを受けると、誰でも精神的にまいっちゃうらしい。東京拘置所に入って3日もたつと「先生、僕もう無理です。とにかく1日でも早く出してください」と泣きを入れてくるんだとさ。
　30年以上も刑事弁護士をやっている大室先生から、私は「あんたみたいな人は初めて見た」と言われたのよ。拘置所に差し入れしてもらったドテラを着こんで、面会のときに「先生、今日はちょっと寒いですね。都心から小菅まで毎日来るのは大変でしょうから、そんなに頻繁に来なくてもいいですよ」とか言ってケロッとしている。東京地検特捜部に逮捕・収監されたのに、こういう態度の人間は初めてだったらしい。
**堀江**　すごいなあ。

**井川**　私の場合、たかぽんという先輩が東京地検特捜部と先にガンガンやり合ってくれていたのが大きかった。佐藤優さんもそうだよ。
「あれだけの人たちが行ってるんだから、オレだって大丈夫だ。別にたいしたことじゃない」と心の支えになったのよ。

## ホリエモンが獄中で涙した山崎豊子の『沈まぬ太陽』

**堀江**　僕は井川さんほどメンタルが強くなくて、それまで全然口にしたことがなかった精神安定剤や睡眠導入剤を、獄中で処方してもらって飲んでましたよ。眠剤でも飲まなきゃ、頭がおかしくなっていたかもしれない。
**井川**　六本木ヒルズレジデンスの豪邸から3畳1間の独房ってのも、すごい転落だわな。
**堀江**　勾留期間が3カ月にわたりましたしね。僕の場合は、獄中で弁護士以外誰とも話ができず、ずっと隔離されてたのもキツかった。
**井川**　接見禁止にされちゃうと、家族や友だちとの面会や手紙のやりとりもできなくなっちゃうんだよね。面会は弁護士としかできない。
**堀江**　そのうえほかの被疑者・被告人とも一切顔を合わせないように、厳格に隔離されていたんですよ。東京拘置所には運動の時間があるから、短時間ではあっても、そのタイミングでほかの被疑者・被告人とおしゃべりして気を紛らわせることができます。それすら禁止されてしまって、精神的にメチャメチャ圧迫されました。

刑事訴訟法に基づいて被疑者・被告人を勾留したり、接見禁止をつけるのは、逃亡や証拠隠滅を防ぐのが名目です。まだ初公判も始まっていない段階ですし、東京拘置所にいたときの僕には当然「推定無罪の原則」が働いているわけですよ。その僕を社会から隔絶して、ずっと1人でいさせてあんな精神的苦痛を与える必要は絶対ない。非人道的でとんでもない処遇でしたよ。

新聞や雑誌を読めないように制限がかかってたのも理不尽だった。

**井川**　私のときも、拘置所では新聞も雑誌も読めなかった。弁護士が差し入れてくれた本だけは読めたけど。それも房に入ってきたのが4日後くらいだったから、ヘンなこと書いてねえか念入りに検閲でもしてたんでしょうな。

**堀江**　井川さんのときは法律が変わってたから、本は無制限に差し入れできたはずですよ。

**井川**　あ、そうなんだ。

**堀江**　何冊までと冊数は決まってましたか。

**井川**　いや、冊数の制限はなかったな。

**堀江**　僕が東京拘置所にいたときには、1日3冊までしか差し入れが認められなかったんです。あのときは、明治41年（1908年）に作られた監獄法という古い法律がそのまま適用されてましたから。その監獄法が廃止されて、2006年に刑事収容施設及び被収容者等の処遇に関する法律という新しい法律に変わったんですよ。

**井川**　へえ。たかぽんは監獄法という古めかしい名前の法律の犠牲者だったのか。

**堀江**　2002年に名古屋刑務所で、刑務官が受刑者を革手錠で縛り上げて死なせる事件が起きたんですよ。懲罰にしてはあまりに非人道的だし、いじめや拷問としか言いようがない。名古屋地検特捜部が刑務官を5人も逮捕して、あの事件をきっかけに司法制度改革が大きく進んだんです。それで監獄法が約100年ぶりに変わって、拘置所での本の冊数制限もなくなった。

監獄法時代は、未決囚の自由はかなり制限されていたんです。本の差し入れがあったときには「官がいったん預かってから貸与する」という形式でした。法律が変わってからは受刑者の私物所有が認められるようになって、しかも冊数制限がなくなった。

**井川**　たかぽんが拘置所にいたときは、1日3冊ルールを守らなきゃいけなかったのか。

**堀江**　拘置所なんて、本を読むくらいしかやることがないでしょ。刑務官の詰め所の横に僕の部屋があったんだけど、本はその刑務官の部屋にたくさん領置しておいてもらいました。土日も含めて暇にならないように、領置していた本を毎日3冊ずつ渡してもらったんです。

**井川**　どの本が一番印象的だったの。

**堀江**　JAL便の御巣鷹山墜落事故を描いた山崎豊子さんの『沈まぬ太陽』ですね。この本を読んだときには、涙が止まりませんでした。「シャバに出たらぜひ慰霊登山をしたい」と言ったら、弁護士先生の趣味が偶然登山だったんですよ。シャバに出てきた直後の2006年5月、御巣鷹山まで出かけて慰霊登山をしてきました。

## 東京拘置所で命拾いしたホリエモンのフカフカ座布団差し入れ

**井川**　東京拘置所に入ったとき、たかぽんはすぐさまフカフカの座布団を差し入れてくれたよね。

**堀江**　拘置所の床は硬くてケツが痛くなるので。

**井川**　今もう1回お礼を言いたい。あのときは本当にありがとうございました。東京拘置所は夜には暖房が入るんだけど、朝10時以降は暖房が切られちゃうんだよね。私が収監されたのは11月22日から12月22日にかけてだから、昼間はけっこう寒い。暖房を切られてからどんどん部屋の温度が下がって、昼メシを食べ終わった午後1時が一番寒かった。

私のときは、午前中は取り調べがなかったのよ。だから部屋にいると寒くて仕方ない。午後1時から4時まで、それから夕飯を食べ終わったあとの午後6時から10時までが取り調べだったんだけど、その間は暖房がきいた部屋でヌクヌク過ごせる。

**堀江**　拘置所の部屋にいる間、硬い地べたに座ってたんじゃかなわないでしょ。あの座布団があるのとないのとでは大違いですよ。

**井川**　HITO病院（愛媛県四国中央市）の神浩人副院長が差し入れてくれた綿入れ袢纏《はんてん》も、本当にありがたかった。

**堀江**　拘置所は刑務所と違って、服装が自由なのがありがたい。冬は寒いんだけど、ドテラなり座布団なりで武装すればしのげますからね。ひとたび服役囚になったら、そうはいかない。東京拘置所にいる未決囚はまだ犯罪者と決まったわけじゃないから、セーターを着ようが袢纏を着ようが自由なのが素晴らしい。

## K-1創設者・石井和義館長が差し入れてくれた生花

**井川**　拘置所ではセンベイ布団で寝るとつらいけど、違う布団を差し入れしてもらえるのも助かりましたな。

**堀江**　僕のときは、拘置所時代はけっこういい羽毛布団を使ってましたよ。昼寝の時間には布団を敷いていいし、夜も6時くらいからずっと敷きっぱなしでいいのはうれしかった。

拘置所は外部からの差し入れがかなり自由に認められるし、中からあれこれ買い物できるのがいいですよね。みかんとかリンゴとか、生鮮食品も頼めるし。あと独房の中にいる人間がいかに孤独かわかってる上級者は、花を差し入れてくれるわけですよ。なんだか知らないけど僕のところに花が毎日差し入れされるようになって、差出人を見たらK-1を作った石井和義館長でした。

**井川**　殺風景な部屋に花があると、どれだけありがたいかわかっている人だ。

**堀江**　上級者は、そのへんの機微をメチャメチャよくわかってますよ。花が差し入れされた瞬間、心がパーッと明るくなってうれしかったもん。あの差し入れはさすがだと思った。井川さんに差し入れた座布団は、僕も拘置所で経験済なんです。初めて座ったとき「こんな座布団あるんだ。すげえ」と感動したから。

**井川**　あの座布団は分厚かったなあ。

**堀江**　お坊さんが使うみたいなヤツですよね。なにしろ拘置所内ではずっと床に座ってなきゃいけないから、ああいうすごい座布団でもないとケツも腰も痛くなっちゃう。これから拘置所に入る友人知人がいたら、みんなにあの座布団を差し入れしよう。

## 獄中512泊513日を耐え抜いた作家・佐藤優

**井川**　東京拘置所の先輩である佐藤優さんは、私が東京地検特捜部の取り調べを受けている間、かなり心配してくれたのよ。私の友人の佐藤尊徳さんに「井川さんが自殺するかもしれない。なるべく井川さんを1人にせず、ずっと見ていたほうがいい」と言ってくれたらしい。

私は環境順応性が高いらしく、1人でいても全然平気なタイプなので、東京拘置所に収監されたあとも平気だったんだけどね。

**堀江**　孤独が好きな人はいいですよね。でもほとんどの人は、周囲から隔絶された孤独は嫌だと思うんですよ。1人にされるくらいなら、検察の取り調べでもあったほうがよっぽど気が紛れます。

**井川**　佐藤優さんは接見禁止がまったく解除されないまま、512泊513日を東京拘置所の独房で耐え抜いた。

**堀江**　佐藤さんは外に出る気がなかったらしいですからね。

**井川**　『獄中記』という本に詳しく書いてあるけど、佐藤さんは獄中で大量の本を読みまくって書生生活を送っていた。あのときのインプットのおかげで、のちに作家デビューしてから膨大な原稿を書きまくるわけだけど。

**堀江**　実刑判決が予想される人にとっては、拘置所にいたほうがいいという考え方もあります。佐藤さんは執行猶予つき有罪判決をもらえたんですけど、執行猶予がつかない可能性も十分あった。だったらある程度自由がきく拘置所で踏ん張って、本を読みまくったほうが時間を有効活用できます。拘置所で過ごした未決勾留分の日数は、刑期から差し引かれますからね。

弁護団としても「佐藤さんは500日以上も拘置所にいたんだから、実刑判決なんてありえないだろう。執行猶予つきの判決にしてくれよ」という圧力を裁判所にかけたんじゃないですか。

**井川**　なるほど。いずれにしても、弁護士以外誰とも接触せず小菅の拘置所で512泊もするなんざ、普通の神経ではとてももちませんわな。やはり佐藤さんは異能の情報部員だ。

## 拘置所派？ 刑務所派？

**堀江**　僕は人と話すのが好きだから、孤独な拘置所よりも刑務所のほうがいい。単純作業だろうが汚れ仕事だろうが、何か仕事をして手を動かしていたほうが時間も早く進むし。時間が止まった状態で、ひたすら孤独にさいなまれる拘置所は、僕にとっては一番つらい。井川さんは拘置所と刑務所とどっちが好きですか。

**井川**　私は拘置所のほうがいいかな。インスタントコーヒーをいつでも自由に飲めるし。私はたかぽんと違って、誰かと話をしなくても平気なタイプだから、断然拘置所のほうがいい。

**堀江**　そうか、井川さんは48時間ぶっ続けでバカラをやってた人だもんな。孤独への耐性がもともと強いんだ。

**井川**　むしろ独房は究極のプライベート空間ですわ。

**堀江**　僕が東京拘置所に入ってたのは冬だったけど、夏だと中からアイスクリームを注文できるのも相当うれしいと思う。

**井川**　そうでしょうな。拘置所で出されるメシに飽きてきたころ、たかぽんから弁当を差し入れてもらったことがあったね。弁当の差し入れは、決まった業者経由じゃないと認められないんだけどね。

**堀江**　僕は朝メシだけは拘置所メシを食ってたけど、昼メシと夕飯はほとんど弁当の差し入れだったと思う。未決囚の処遇が規制緩和されて、ＵｂｅｒＥＡＴＳで弁当を注文できたら最高なんだけどな。

## 「鬼の特捜」も音を上げたカジノ事件

**堀江**　東京拘置所に入ってからも東京地検特捜部による取り調べが続いたと思うんですけど、検察から妙な揺さぶりがかかったり、不愉快な場面はありませんでしたか。

**井川**　そういうことはなかった。検察も、私の事件はそんなに複雑な案件じゃないことはすぐわかったみたい。ただ、起訴するまでの作業が膨大で大変だったらしい。私はけっこうややこしいカネの出し入れをしてたからね。

**堀江**　カジノで勝ったり負けたりするたび、でかいカネがバンバン動いてたわけですからね。特捜検察としては、そのカネの流れを一つひとつ全部確かめていかなければならない。

**井川**　仲間うちで麻雀をやるときも、わりと高いレートで勝負してたわけよ。麻雀に出かける前にキャッシュカードで２００万円おろして、勝ったらまたカネを口座に戻したり。勝った分は、パーッと飲み代に使っちゃうこともあったな。

カジノへ戦いに繰り出すときは、２００万円どころか1億、10億円単位のカネが動いていた。かと思えば、女の子に買ってあげたトイプードルの代金まである。彼らはそういうカネの流れについて、一つ残らず全部裏をとっていった。５年分くらいにわたる私の出入金の明細を全部調べていったわけよ。

**堀江**　そりゃ大変だ。でも、その作業をきちんとやっておかないと、あとで公判が破綻しますからね。

**井川**　彼らは「修業だ、修業だ」とブツブツ言いながら、ひたすら数字を突き合わせていく。午後に3時間ばかり取り調べをやって、夕飯のあとも夜の10時ころまで取り調べでしょ。調べが終わると担当検事がこう嘆いてたな。

「井川さんは調べが終わったら部屋で寝られるんでしょ。僕はこのあと、この数字を全部詰めて報告書を書いてウエに上げなきゃいけないんですよ」

## 特別背任をめぐる攻防戦

**堀江**　拘置所にいるときの取り調べの過程で、弁護士先生からはどんなアドバイスを受けましたか。

**井川**　大室先生からは「特背（特別背任）にあたるという認識がなかったということで、できるだけ長く突っ張ってください」と言われた。実際、私は子会社からカネを引っ張ったことについて、会社法で言うところの特背に該当するなんてこれっぽっちも思ってなかった。だからそこは認めずにいた。

検察は「井川さん、これはどう見ても特背だとわかってたでしょ」と畳みかけてくるわけよ。「いやあ、そんなことないんですよね〜」といつまでもやってたら、向こうもイラッときたらしい。1回だけ「井川さん、いい加減にしてくださいよ！」とデカい声で怒鳴られちゃった。

**堀江**　村木厚子さんの冤罪事件のせいでだいぶ遠慮してたんだろうけど、それが特捜の本来のやり方なんですよね。相手のステイタスもプライドもズタズタに破壊して、威圧的な取り調べで完オチさせる。

**井川**　私は「家族で株の大半をもっている会社からこれくらいのカネを借りたところで何

が悪いんだ」くらいに思ってたんだけど、特捜検察から「これ、どう考えても特背にあたりますよね。あなたも会社法は知ってるでしょ」とワーワー言われたら、少し心が揺らぐ。「まあ、そう言われたらそうかなあ」みたいに思えてきちゃう。

「1ミリも違法だとは思わなかったんですか。だって井川さん、自分のファミリー企業とはいえ、会社のカネをこれだけ引っ張ったら絶対まずいでしょ」と言われたら、こっちとしても、考えてしまう。

大室先生からは「がんばってみてください」と言われたけど、さすがに1週間でキツくなってきちゃった。そこで「今考えると、あれは特背にあたると思います」と認めちゃったのよ。サインする前によくよく調書を見たら、「今考えると」という文言が消してあったけどね。こっちは特背だなんて全然思ってないのに。特捜検察の調書の作り方は怖いと思いましたな。

## ムショの教え

東京拘置所を「経験済」の
“先輩”がいたことが、
心の支えだった

井川意高

眠剤でも飲まなきゃ
頭がおかしくなっていた

堀江貴文

## シャバで興じた最後の狂騒

### 55億3000万円の借金を完済したのに実刑判決

**堀江**　井川さんの場合、保釈されたあとはまず最初に何をやりましたか。

**井川**　子会社からの借入金が55億3000万円残ってたので、それをきれいに完済するのが一番重要な仕事だった。これだけの金額となると、返済してるかしてないかで刑期が全然変わってきちゃうからね。

**堀江**　借金を全額返しておけば、執行猶予つき判決になるかもしれない。

**井川**　上場企業の株式だったら、すぐにでも売っぱらって返済金に回せる。私の場合、非上場企業の株式をたくさんもっていたものだから、証券会社に頼んでこれを売りはらう準備を始めなきゃいけなかった。

構図は単純な裁判だったから、本当なら即日結審してもいいような内容だったわけよ。なにしろ被告人の私は調書で特背だと認めちゃってるわけだし。しかし、私が聞いていても意味のないような細かい証人尋問が続いて、裁判がけっこう長引いた。2012年3月

1日が一審の初公判だったんだけど、判決は2012年10月10日だったのよ。この間になんとかディールをまとめあげて、55億3000万円の借金を全部返せた。
**堀江**　それは大仕事でしたね。これだけの借金を完済してるのに、懲役4年の実刑判決だったのがひでえけど。実刑になるんだったら、急いでこれだけの借金なんて返しませんよね。
**井川**　いやいや、まったく。
**堀江**　ウチは井川さんよりも複雑な事件だったのに、ずいぶん裁判のスピードが速かったですよ。だって2006年9月4日が初公判で、一審判決が出たのが翌2007年3月16日ですから。
**井川**　それは速いな。私の事件は即日結審してもいい単純なものだったけど、たかぽんの案件ははるかに複雑だったでしょ。
**堀江**　公判前整理手続を導入して、スピーディに集中審議してましたからね。検察側の最終論告が1月、最終弁論が2月、そんで3月に判決が出た。裁判員裁判が始まろうとしていた矢先だったので、モデルケースにしたかったんじゃないですか。普段普通に仕事をしてる人を裁判員として連れてくるのに、いつまでたってもチンタラ裁判が終わらないんじやかないませんからね。

「複雑な事件でも、このくらいのスピードで刑事裁判を終えられる」という見本にしたかったんじゃないでしょうか。実刑の有罪判決を超速で出されたこっちはたまんねえけど。

## 裁判所に続々現われた「オレが知らないヤツら」

**堀江**　僕の裁判で迷惑したのは、検察側が連れてくる証人が知らないヤツだらけだったことです。

**井川**　ははは。たかぽんに不利な証言をしてくれるヤツを、日本中探し回っていただろうね。

**堀江**　一度も会ったこともないようなヤツもいっぱい出てきた。1回名刺交換したかしないかぐらいの人間が、ワケのわからないことを言っているわけですよ。ファンドの細かい契約なんか僕はいちいち知らないのに、あたかも僕が詳細を知りながらすっとぼけていたみたいな証言をシャーシャーとする。ふざけんじゃねえよと。

**井川**　口に出してそうは言えないのがつらい。感情的になったら裁判官の心証を害するし、暴言を吐いたら退廷を命じられるかもしれないからね。

**堀江**　しょうがないから黙って聞いてましたけど。検察が連れてくる証人なんて「お前、誰だよ」みたいなヤツだらけで呆れました。

## 世間をうかがう裁判官

**堀江**　井川さんが借金完済のためのディールを急いだのは、実刑を免れるためですよね。

**井川**　それを期待してたんだけど、「求刑6年」と言われた瞬間、弁護士先生は「執行猶予つきは難しいよ」と半ばあきらめていた。

**堀江**　求刑6年ですか。実刑判決の日数は「求刑の七掛け」が相場ですよね。だから求刑6年だと、実刑3年以上はほぼ決定です。僕の裁判は求刑4年だったので、「もしかすると執行猶予がつくかもしれないな」というギリギリのラインでした。

弁護士は「執行猶予はつくと思う」と言ってたし、「懲役3年、執行猶予5年くらいが妥当じゃないですか」と言われてた。そうしたら懲役2年6カ月の実刑というメチャメチャ厳しい判決が出て「うわぁ……」とため息が出ましたよ。

**井川**　検察から「求刑4年」と言われたときに、少し安心したでしょ。

**堀江**　「刑務所に入ることがなけりゃそれでいい」と思ってたのに、オイオイ、みたいな。

弁護団もキレてましたよ。

**井川**　みんながみんなではないけれど、裁判官って、世論にかなり影響されちゃう人もいるんだよね。そういう裁判官は世間の声に影響されちゃいけないと思うから、普段は外部の人間とは極力接触しない。退庁したらまっすぐ家に帰って、奥さんや子どもと一緒にメシを食うわけよ。

でも、自分は人にまったく影響されていないつもりでも、家族とメシを食ってたら「お父さんってあの有名な事件をやってるんだよね」みたいな話になるに決まっている。マスコミやネット経由の情報を奥さんや子どもから吹きこまれて「とんでもない悪人だね」なんて言われたら、知らず知らずのうちに影響を受けるよね。

**堀江**　裁判所の連中は、マスコミ報道をかなり気にしていると聞いたことがあります。自分が担当している事件がどういう報道をされているか、新聞や週刊誌とかをよく読んでるらしい。

**井川**　外部の情報から遮断されているどころか、自分から積極的にマスコミ報道を見にいく。当然、裁判官の認識にバイアスがかかっていくよね。世論がメチャクチャ我々を叩いているのを見て、たかぽんや私に執行猶予をつけず、実刑を食らわせたのかもしれないな。

## 下獄前、人生で一番遊んだ日々

**堀江**　会長職を辞任したあとは仕事がないし、逮捕されたあとはカジノに出かけるわけにもいかない。保釈から入獄までのシャバでの暮らしは暇だったんじゃないですか。

**井川**　東京拘置所から保釈されたのが2011年12月22日だったでしょ。保釈直後は借金を返すディールや裁判対策なんかがあって忙しかったけど、そのあとはやることなんてたいしてない。

アカ落ちまでの1年間は、人生で一番飲んで遊び倒しましたな。なにしろ会社に行く必要もないわけだから、翌朝起きる時間なんて気にしなくてもいい。

経営者時代は、夜中まで酒を飲んで遊んだら、頃合いを見て女の子に「じゃあ、今日はこれで帰ってね」とお車代を渡して解散でしょ。シャバでの最後の1年間は、夜中の3時だろうが4時だろうが、家になんて帰らず遊び続けてもかまわなかった。

**堀江**　翌日は夕方まで寝ていたっていいわけですしね。

**井川**　そう。そして、次の日もまた夜から飲み始める。公判直前の準備期間を除いたら、人生で一番酒を飲んで、人生で一番夜を楽しんだ時期だと思う。あのころは「もしかしたら執行猶予をもらえるかな」という期待もあったけど、実刑になる可能性だってある。あとで不自由な生活を強いられるのだったら、それまでは最大限シャバでの人生を楽しんでおこうと思っていた。

**堀江**　特に、最高裁で実刑が確定してからの数カ月がすごかったんじゃないですか。

**井川**　浴びるように飲んだね。いざ刑務所に行くとなると、頼むから勘弁してくれよと心底思ったのは事実だった。刑務所に入ったら好きな酒なんて一滴も飲めなくなるし、友人知人とも自由に会えなくなる。必死こいて遊び倒しましたわ。

**堀江**　僕の裁判は２００６年９月４日が初公判で、受刑者の身になったのは、２０１１年6月20日です。

高裁判決をもっと引き延ばして粘りたかったんだけど、スピーディに控訴が棄却されたせいで下獄の時期が早まっちゃった。懲役2年6カ月の刑期は、高裁で多少短くできたんじゃないかと後悔してます。まあ、執行猶予がつかなかったことも含めて、結果論だからしょうがないですけどね。

## 裁判官の年収以上の金を動かした人間は全員悪人

**堀江**　それにしても、井川さんはシャバでそんだけ遊びまくってたのに、マスコミにはほとんど報道が出ませんでしたよね。

**井川**　自宅前で待ち伏せしていた「週刊現代」の記者から直撃取材を受けたことはあった。講談社の野間省伸社長は昔からの知人だから、このストーカー記者には「いい加減にしろ！　野間さんに言っておけ！」と怒鳴ってしまったけどね。

弁護士の大室先生からは「とにかく裁判中は『フライデー』とかに写真を撮られないでね」と注意を受けていたけど、結局あまり気にせず遊び回ってたな。

**堀江**　「106億8000万円を熔かした大王製紙の元会長、裁判が終わった夜に西麻布で豪遊」みたいなニュースが出たら、裁判官の心証を悪くしますからね。

**井川**　佐藤優さんからこういうアドバイスを受けたこともあったな。

「井川さん、裁判官にとっては、自分の年収よりも大きいカネに関わった人間は全員悪人ですから。裁判官は国家公務員の中ではけっこうたくさんもらってるほうだけど、それでもせいぜい年収3000万くらいが上限でしょ。井川さんの年収には全然届かない。だから井川さんは極悪人に見えるんですよ。しかも巨額のカネをバクチに使ったなんて聞いたら、返してようが返してなかろうが関係ない。だから裁判で何を言われようが、こう思うしかないんですよ。『悪かった。悪かった（運が悪かった）』」

**堀江**　ははは。それは言えてるな。

**井川**　「106億8000万円も使いこんだのもケシカランが、それだけのカネを使いこみながら、借金を全額返せたのがなおケシカラン。それだけカネをもってるのが許せん。こういう感じですよ」と佐藤さんから言われた。

**堀江**　裁判官って、自分より年収やステイタスが上の人間を認めたくないんだと思いますよ。「東大法学部を出て司法試験に受かって、裁判官にまでなったオレたち最高のエリートは、年収3000万円をもらってる。これが日本最高のステイタスだ。これ以上カネをもらってるヤツらは、悪いことをして稼いでるに違いない。世の中のルールに従っているフリをしながら、どこかでズルをしてるんだろう」くらいに考えてるんでしょうね。

**井川**　裁判官の倫理観ってものすごく時代遅れなんだよ。村上ファンドの村上世彰さんの判決にだって「利益を最優先するとはもってのほか」みたいなことが書いてあったでしょ。いやいや、ファンドの使命は顧客の利益を最大限にすることであって、それが職業倫理なんだよ。ところが裁判官は儒教の精神を未だに引きずっていて、古い小学校の道徳の教科書みたいな頭なんだ。カネに触るなんて、基本的に汚いことだと彼らは思ってる。

**堀江**　まったく、この世間とのズレはどうしようもないですよね。裁判所と自宅を往復する生活をするんじゃなくて、たまには居酒屋にでも出かけて、そこらへんのオッサンとしゃべりながら世間とのズレを直してほしいもんだ。

ムショの教え

自分の年収以上の金を
動かした人間は
悪人だと決めつける
裁判官もいる

井川意高

裁判官は自分より
年収やステイタスが上の
人間を認めたくない

堀江貴文

# 第4章 東大生·in刑務所

## (獄中メシ篇)

## ウマい刑務所メシ　まずい刑務所メシ

### 民営化によって生まれた「まずい刑務所メシ」

**堀江**　刑務所って所長の裁量権がけっこうユルユルらしくて、どこに入るかによって当たりハズレがあるんですよね。僕が入ってた長野刑務所（長野県須坂市）は、メシはけっこうウマかった。井川さんが入った喜連川社会復帰促進センター（栃木県さくら市）はどうでしたか。

**井川**　メシは死ぬほどまずかった。あれは完全なハズレですな。

**堀江**　あれっ、そうなんだ。なんでメシのクオリティが低かったんだろう。

**井川**　全国の刑務所が定員オーバー気味だってことで、ＰＦＩ（Private Finance Initiative）方式で半世紀ぶりに刑務所が新設されることになったのよ。２００７年にオープンした喜連川刑務所もその一つで、ここの食事はエームサービスという三井物産の子会社が請け負ってるわけ。

民間企業がメシを作るということは、食材費も人件費もできるだけ抑えて、自分たちの利益を最大化しようとするでしょ。なおかつ法務省のガイドラインに従って、栄養価はきちっと確保しなきゃならない。だから安い豚肉か鶏肉かの入れ替わりが多くて、やたらと大豆ばかり出るのよ。

**堀江**　「大豆は畑の肉」って言うからなぁ。

**井川**　私が入って1年目のころかな、突然味噌汁の味が薄くなりましてね。タテマエで「健康のために塩分を減らした」と言うわけだけど、喜連川には殺人犯などの長期受刑者がいないから、食事由来の生活習慣病の心配なんてする必要はない。

　オヤジ（刑務官）は「味噌の量を7分の4に減らしたから」とはっきり言っていた。味噌といってもバカにならない。なにしろ毎日の朝食のたびに千数百人が必ず味噌汁を飲むわけだから、味噌をケチればかなりのコストダウンになる。味噌を減らされてからしばらくは、まるで白湯を飲んでるみたいに味気なかったよ。だっておかずのほうは相変わらず塩分の量が変わらないもんだから、おかずを食ったあとに味噌汁を飲んだら、味がとっちらかってワケがわからなくなる。我々に毎日白湯を飲ませやがって、こいつらはホントにとんでもねえヤツらだと思った。

**堀江**　それは災難でしたね。刑務所は拘置所と違って自由がかなり制限されるし、メシが最大の楽しみですからね。

**井川**　そうそう。ほかに何の楽しみもないから、受刑者はみんなメニューを見て「今日のメシは何だろう」と気にする。

**堀江**　しかし、そのまずい味噌汁を誰か味見して「こりゃアカンな」という意見は出なかったんですかね。

**井川**　私がいた3年2カ月の間に、1回だけメシの視察があった。「金線」と呼ばれるお偉いさんと栄養士のおばちゃんが各工場を回って、残飯が入ってる缶を見て、何がどのくらい残ってるかをチェックする。あんなものはただの儀式だけどね。だって、視察がある日だけメシの味を上等にしたっていいわけだし。

アメリカでは刑務官が受刑者と同じメシを食っていると聞いたことがある。日本の刑務官も、あのまずいメシを毎日食ってみろと言いたい。

## きな粉とレトルトメシが最高のご馳走だった

**井川**　たかぽんの著書『刑務所なう。』を読むと、長野刑務所のメシはウチよりもだいぶウマそうだったね。

**堀江**　メンチカツみたいな揚げ物系は、普通にウマかったですよ。

**井川**　ああ、メンチカツならこっちもまだマシなほうだった。メンチカツやハンバーグは、業務用の市販のやつを使ってるからね。ハンバーグには一応デミグラスソースがかかってはいるんだけど、あれは間違いなく市販のソース。ケチって自炊したソースじゃないからウマい。ハンバーグはつなぎに大豆がいっぱい入ってたりしてた。それでも市販のものはウマいから、みんな楽しみにしてたな。

**堀江**　刑務所で一番ウマいのは何かといったら、そりゃなんといってもレトルト食品ですよね。

**井川**　私もそう思う。

**堀江**　長野刑務所でも、基本的にメニューは減塩なんですよ。何でも味が薄めだから、濃いものがほしくなる。レトルトは味が濃いめだから、我々にとってはありがたい。あとは甘いものもご馳走でした。シャバにいたころは甘いものなんて全然好きじゃなかったんだけど、酒が抜けたせいか、最後のほうはきな粉が好物になっちゃった。正月に出るぜんざいはうれしかったな。

**井川**　月に1回出る小倉あんもウマかった。

**堀江**　長野刑務所では、小倉あんは週1か10日に1回は出てた気がする。土曜日のお昼に、だいたい小倉あんが出ていた。

**井川**　喜連川では何曜日に何が出るとか、あまり決まってなかったみたいだけどね。決まってたのは、月・金の朝メシには納豆が出ること。火曜日の昼メシは麺で、金曜日の昼メシはパン。ほかはだいたい1カ月サイクルでメニューをクルクル回してる感じだった。

## サバの味噌煮とビーフストロガノフ

**堀江**　長野刑務所では、2週間に1回くらいの割合で揚げ春巻きが出たんですよ。僕がいた1年9カ月の間に、揚げ春巻きの味が劇的に改善しました。最初はバケツみたいな入れ物に、揚げた春巻きをカシャカシャ放りこんでたから、下のほうは油でグジョグジョになっちゃう。刑務官もさすがにヤバいと思ったんでしょうね。途中でやり方が変わって、長い箱にワーッと並べるようになった。そしたらパリパリですごくおいしくなりました。

さっきの話の繰り返しになるけど、楽しみはやっぱりレトルトでした。レトルトのサバの味噌煮とか、レトルトのビーフストロガノフとかすげえウマかった。

**井川**　なんだそれは。サバはともかく、ビーフストロガノフなんて立派なご馳走は、ウチでは一度も出たことがないぞ。

**堀江**　ビーフストロガノフ系は、1カ月に1回は出てましたよ。

**井川**　えーっ、それはうらやましすぎるなあ。うちは、そもそも牛肉なんて一度も出なかった。

**堀江**　といっても、あくまでもビーフストロガノフ「系」ですけどね。

**井川**　ナントカ系、ナントカ風ってやつね。そのものホンモノじゃなくてナンチャッテではあるけど、まあまあウマいという。

**堀江**　カルビ丼もウマかったな。

**井川**　それまたうらやましい。ビーフストロガノフだのカルビ丼だの、長野刑務所は牛肉を出しまくってたのか。

**堀江**　あと、土用の丑の日にはウナギも出た。

**井川**　そんなのウチはないない。ウナギなんて今や稀少価値が高い高級魚だもん。長野はすげえな。

## 一年で一番豪華な正月のおせち料理

**堀江**　刑務所のメシは、年末年始がメチャメチャ豪華ですよね。だから正月はみんな太る。僕が入ってたときは、年末年始はテレビ三昧でもあった。12月29日はディズニーのアニメ「塔の上のラプンツェル」と「最後の忠臣蔵」の映画2本立て。12月30日はFNS歌謡祭。大晦日は「プリンセス トヨトミ」と「パイレーツ・オブ・カリビアン 生命の泉」の映画2本立てで、「特食」と呼ばれるオヤツまでついた。

**井川**　特食には何が入ってるの。

**堀江**　みかんが4個と、コイケヤポテトチップスにビスケットの詰め合わせです。夕飯を夕方5時くらいに食ったあと、紅白歌合戦が始まるころに早めの年越しそばが出る。どん兵衛だか赤いきつねだか忘れちゃったけど。その場で食べなきゃいけないから、夕飯で腹いっぱいなのに、紅白を見ながらがんばってカップそばをすする。

1月1日から3日にかけても毎日映画やテレビを見まくれるうえに、朝メシにおせち料理が差し入れられるんですよ。栗キントンや水ヨーカンまで、甘物もバッチリ揃ってるけど、急に豪華になると胃がつらい。元日は普通のメシに加えてお雑煮、1月2日はしょうゆ餅、1月3日は餅入りぜんざいもついた。しかも三が日分のお菓子も差し入れられるから、年末年始はメシが多くてやたらと太りましたよ。

**井川**　それはうらやましい。喜連川刑務所の年末コースは、クリスマスにメチャクチャ薄いショートケーキが出たな。包装のセロハンをはいで食べようとしたら、コテンと倒れちまう冗談みたいなショートケーキだった。もちろんイチゴなんてのってなくて、小さなブルーベリーが一つのってるだけだった。

**堀江**　えっ、ウチもケーキは出ましたけど、トッピングはイチゴでしたよ。

**井川**　喜連川刑務所のメシがあまりに受刑者をバカにした最低レベルなので、実はある政治家が面会に来てくれたとき散々、愚痴ったのよ。そのおかげか、翌年末からはケーキが普通のサイズになった。

**堀江**　イチゴはのってましたか。

**井川**　イチゴものってた。だって1年目に食べたケーキはあまりにペラペラだから、イチゴ1個ですらのせられないわけよ。3年目はチョコレートケーキだったな。いずれにしても、ケーキが普通の厚さになってくれたのはうれしかった。年の瀬にあんなものを出された日には、更生へ向けた受刑者のモチベーションもダダ下がりだわな。

それと今思い出したけど、正月三が日は白メシが明らかにまずかった。

**堀江**　あっ、長野刑務所でも正月の白メシはまずかった。
**井川**　行政が非常用に倉庫に放りこんでる古米か古古米でも使ってるんじゃねえかという。
**堀江**　あの白メシはガッカリでした。
**井川**　あの白メシを食べるくらいなら、普段出ている麦メシのほうがまだ普通に食える。これもケーキの件と同じときに、とある政治家に愚痴ったのよ。そうしたら、翌年の正月三が日は普通に食えるレベルの白メシになっていた。たぶん古古米を使ってたのをやめて、普通にスーパーで売ってるレベルのコメに変えたんだろうね。なにしろ古古米のときは、やたらとネチャネチャしていてまずすぎた。
**堀江**　ネチャネチャするのは、炊き方の問題かもしれませんね。毎日麦メシを炊いてるから、水加減がわからなくなったのかもしれない。
**井川**　一理あるな。
**堀江**　長野刑務所でも、正月三が日の白米はベチャベチャしてました。「正月だからといって、こんなまずい白メシなんて食いたくねえよ。麦メシが恋しいなあ」と思ってた。

死ぬほどウマかった運動後の麦茶とSNICKERS

**井川**　くどいようだけど、喜連川刑務所はホントにメシがまずくてどうしようもない。あれは本当に人間の食うものじゃなかった。レバーなんて緑色をしていて、臭くて臭くてたまらなかったからね。

**堀江**　それはひでえなあ。長野はメシがウマかったからラッキーでしたよ。あと、運動後の麦茶が、あんなにおいしいものだとも思わなかった。運動したあとにゴクッとやる刑務所の麦茶は、ドン・ペリニヨンやクリュッグにも勝るかもしれない。

**井川**　運動後の麦茶がウマいという気持ちは私にもわかる。だけど悲しいかな、シャバに出てきたらそういう感覚はすぐに消えちゃうんだよね。刑務所という特殊な環境だからこそ、味覚や感覚が普通じゃなくなるのかもしれない。

**堀江**　「麦茶がウマすぎる」とかいう感覚って、シャバに出てきた瞬間、あっという間に普通に消えますよね。

**井川**　うん、一瞬で普通に消えた。甘いものの中で私が一番好きなのはSNICKERSだったから、刑務所から出る前に、身元引受人の佐藤尊徳さんに「SNICKERSを買っといて」と頼んだのよ。でも結局、シャバに出てきてからSNICKERSなんて1回も食べなかった。

恋い焦がれるほど、あんなにＳＮＩＣＫＥＲＳを食いたいと思ったあの感覚は何だったんだろうね。

## ムショの教え

心の底から
SNICKERSを
食いたかった
井川意高

ドンペリより
運動後の麦茶のほうが
美味い
堀江貴文

# 人間は慣れる生き物だ

## 起床2分後に始まる軍隊式懲役仕事

**堀江**　井川さんは喜連川でどんな仕事がキツかったですか。

**井川**　舎房の配膳を私は1年9カ月ほどやった。あれは時間との戦いだから大変だし、かなりかったるい。

**堀江**　まず朝起きるのがメチャクチャかったるいでしょう。僕は、他の工場の人もいるのでやらせてもらえませんでしたが、周りを見ていて大変そうだなと思ってました。起床の音楽がバーッと鳴ったら配膳係は飛び起きて、2～3分で準備しなきゃならない。歯を磨いて布団をバッと畳んで、エプロンをつけて朝っぱらからいきなり仕事が始まる。起床時間前に布団を畳んじゃいけないんだけど、起床の15分くらい前からゴソゴソ準備を始めないと間に合わない。

ご飯は最初からよそってあるから、味噌汁をお椀にジャンジャン入れて、漬物をバババババ！　と配膳する。それを舎房に1人分ずつ入れていかなきゃいけない。ジジイは平気で寝てて起きてこねえし。

**井川**　あれ、起床時間にちゃんと起きなかったら懲罰じゃなかったっけ。

**堀江**　ホントはダメなんだけど、ウチのジイサンはボケてるからお目こぼしなんですよ。

**井川**　「ウチのジイサン」って、あなたの家族じゃないんだから。

**堀江**　ウチのジイサンは半分ぐらいボケてましたからね。ボケ老人でも朝メシは毎日食うから、土日も休みなく配膳しなきゃならない。その分スズメの涙ほどの手当は別につきますけど。

## ジイサン受刑者の嫌がらせとのイタチごっこ

**井川**　たかぽんは、長野刑務所でどんな仕事をしてたの。

**堀江**　フロアの掃除とかトイレ掃除とか、おじいちゃんのパンツの洗濯とかは全部僕の役目でした。

**井川**　私のところは隣に園芸の工場があって、自分の工場だけじゃなくて、そいつらの工場の配膳もやってあげてたのよ。そのかわり、ウチの工場の便所掃除なんかは園芸の連中がやってくれて助かった。

**堀江**　ああ、それはいいですね。僕の場合、配膳だけじゃなくて掃除も全部1人でやっていたから、まあ忙しかった。洗濯物は洗濯工場に送るんですけど、受刑者が着てる服には番号が書かれた「チー」というタグがついてるんですよ。

**井川**　「第15工場　4班　755番」みたいに受刑者が番号で管理されている。なにしろみんな同じ柄の服を着てるから、番号のタグでもつけておかないことには洗濯物の見分けがつきませんからな。

**堀江**　おじいちゃんの中に迷惑なジジイがいて、なぜだか「チー」をコレクションしてるんですよ。タグを取りはずして部屋に保管してるんです。そんなことをされたら、洗濯工場に回せないでしょ。だからそのおじいちゃんの服については、タグを絶対取られないように縫いつけてましたもん。そしたら、縫いつけてる糸をバリバリはがし取っちゃう。そんなことをやって何が楽しいのかわからないけど、とにかく不毛なイタチごっこでした。

**井川**　そのジイサンは懲罰対象でしょ。

**堀江**　ボケたおじいちゃんに毎回懲罰を出してもきりがないし、刑務官は何も言わずあきらめちゃってましたね。洗濯物を返すときも一苦労だった。普通の工場だったら、ハンガーにかけて順番にバーッと吊るしとけば何の問題もないんだけど、おじいちゃんたちはルーチンワークでないと動けないから、あらかじめものすごく丁寧に置き場所をカスタマイズしなきゃならない。オムツもLサイズとかMサイズとか違いがあるし、やたらと面倒くさい。

## ウンコを漏らす受刑者

**堀江**　残飯をトイレに詰まらせる受刑者も大部屋にいたんですよ。衛生係全員で掃除するんですけど1時間半くらいかかっちゃう。「お前、今日は大変だったから特別にシャワー浴びていいぞ」と言われてシャワーを浴びさせてもらったら、足が真っ黒になってました。

**井川**　やっぱりアレかね、中にはそこらじゅうにウンコを塗りたくるヤツなんかもいるんでしょ。

**堀江**　いるいる。ジイサンのウンコふく仕事なんて、刑務所に入ったばかりのときはオレには絶対無理だと思ってたけど、すぐに慣れるもんですよね。一応ゴム手袋みたいなものをつけて作業してたけど、素手でもつかめるレベルまで悟りを得ていたと思う。

**井川**　たかぽんと同じ環境だったウチの2区の衛生係も「慣れるもんだよ」と言ってたな。

**堀江**　ペットの面倒を見てると思えば、どうってことない。オムツを取り替えてあげるときに、ジイサンを立ち上がらせるでしょ。するといきなりその場でウンコをボトボトたらす。馬車を引っ張ってる馬がそのへんにウンコするみたいなイメージです。

**井川**　あんまりイメージしたくないね。

**堀江**　そういうジイサンがいるものだから、入浴のときも大変なんですよ。

**井川**　湯船に浸からせる前に真っ先にジイサンをきれいにしないと、風呂桶の中が大変なことになりますわな。

**堀江**　「こいつは絶対完全に漏らすな」というヤツは、みんなオムツでした。僕はオムツの在庫管理もやっていたんですよ。

**井川**　オムツの数が足りなくなったら大惨事だから、事前に在庫をチェックして発注しとかなきゃならない。いずれにしても、えらい仕事を仰せつかったものですな。

ちなみに私は大王製紙時代に「これからは大人用の紙オムツが絶対必要になる」とにらんで、P&Gから大人用オムツ「アテント」を買収したことがあった。そこから大人用オムツのシェアをドーンと伸ばしていったわけだけど。たかぽんは「アテント」の売上増におおいに貢献してくれたというわけですな。

ムショの教え

朝食は3分以内に食べなくてはならなかった

井川意高

人間慣れるとウンコすら摑めるようになる

堀江貴文

## 週刊誌と書籍浸りの「刑務所図書館」

**堀江** 井川さんは喜連川刑務所で図書工場に配属されたそうですね。

**井川** あれは、とってもラッキーだった。受刑者に差し入れされる雑誌や本の中身を全部めくって、中に手紙や金属類が入っていないか調べていくのよ。検閲と言うとモノモノしいけど、毎日朝から晩までコンビニで立ち読みしてるみたいなもんだから、仕事はラクだったよ。

**堀江** いいなあ。オレも図書とか経理に行きたかった。井川さんが大王製紙の社長や会長をやってたから、敬意をはらって紙関係の仕事に配属してくれたんですかね。僕の場合ニュースで有名になっちゃったから、ほかの受刑者との接触を最大限減らすためにどうすればいいか、刑務所なりに考えたんだと思います。

**井川** ボケちゃってるジイサンが多いところに行けば、たかぽんが何者かほとんど誰もわからないわけか。

**堀江** 実刑が決まっちゃったときは、みんなから「養護工場とかそういうところだろうな」と言われてましたよ。実際そのとおりになっちゃったけど。

**井川** 喜連川刑務所には鈴木宗男先生も先輩として入ってたんだけど、鈴木先生は病舎で衛生係をやってたのだとか。あれはかなりキツい仕事だったと思う。東日本大震災が起きた瞬間には、おじいちゃんの受刑者を風呂に入れて介護してる真っ最中だったらしい。

**堀江**　井川さんみたいに1日中雑誌や本を読むことはできなかったけど、僕も部屋では雑誌をけっこうたくさん読みました。マンガからグラビア雑誌から写真週刊誌から、出版社の人がバンバン差し入れしてくれましたからね。するとたまに写真週刊誌に昔つきあってた女の子が出てて、部屋で「おおっ」と盛り上がる。グラビアでAV女優の子を見ると「ちっ、久しぶりにヤリてえな」と思ったり。

**井川**　刑務所内では、情事は禁物の童貞生活ですからな。私も愛読誌「週刊大衆」に知り合いのグラドルが出てたとき、図書係の仲間に「おい、オレはこの子と昔仲良かったんだよ」と自慢したもんだ。

**堀江**　それはほかの受刑者からメチャクチャうらやましがられるパターンだ。受刑者って芸能人がどうのこうのというミーハーな話題が大好きですからね。

**井川**　受刑者の連中とは親しくなっちゃってるから、「そういうめったに聞けない話はぜひ聞きたい」となる。

**堀江**　そいつらにとっては、刑務所から出たあとの話のネタになりますしね。写真週刊誌で言うと、シャバで仲が良かった子がいきなり脱いじゃってたのはギョッとしたな。

**井川**　雑誌に知り合いが出てるとうれしいよね。「おっ、出てる出てる」みたいにシャバっ気が戻ってくる。

**堀江**　刑務所はエロ本の差し入れがＯＫなのがナイスですよね。童貞ライフが何年も続くわけだから、エロ本まで禁止したら体がおかしくなる。

**井川**　私のところにも、知り合いが月に何冊かエロ本を差し入れてくれたな。「女子高生モノは入らないからダメだぞ」と言ってるのに、何度言っても毎回そっち系のエロ本を入れてくる。

差し入れ担当の刑務官や教育担当の職員なんかが中身を見て「これは入れられないな」と決めたら、私の部屋までやってきて「井川、またエロ本が来たけど、これは入らないからな」と言われる。「すみません、お恥ずかしい。女子高生モノはダメだといつも注意してるんですけど」なんて間抜けなやりとりをしてたな。

# 第5章 東大生in刑務所（獄の愉快な仲間たち篇）

## 刑務所にだって世間がある

### シャブ中と性犯罪者と殺人犯が同居する刑務所ライフ

**井川**　たかぽんのところの長野刑務所には、殺人犯とか長期刑もいたの。

**堀江**　もともと長野って、長期受刑者がいる刑務所だったらしいんですよ。今は犯罪の分類で言うと「A」（初犯）、それから「L」（懲役8年以上の長期刑）のうち「LA」（初犯の長期刑）が交じっています。

**井川**　そっちには「L」もいたんだ。

**堀江**　囚人番号が1000番台のヤツは長期刑だったかな。ちなみに僕の囚人番号は755ですけど。

**井川**　SNSの「755」は、長野のときの囚人番号から名前を決めたんだよね。

**堀江**　長野刑務所には無期懲役までいましたよ。ウチの工場には無期はいなかったけど、イギリス人の女性英語教師を殺した市橋達也は別の工場にいました。

**井川**　顔を整形して逃げ回って、最後は沖縄の離島で捕まったヤツだ。彼、てっきり千葉刑務所にいると思ってたんだけど、長野だったんだね。

**堀江**　市橋みたいなとんでもないヤツ以外にも、殺人犯はいたと思います。あんまり近寄らないようにしてたけど。凶悪な性犯罪者とか覚醒剤系とかは、普通にいっぱいいました。シャブ系は、どっちかというと売人のほうが多かったけど。

**井川**　覚醒剤をやっちゃったほうを刑務所にブチこんで働かせても、はっきり言って意味ないよね。薬物中毒者については中毒者用の施設を別に造って、治療やカウンセリングのプロジェクトをきちんと受けさせないと必ずまたやっちゃう。

**堀江**　同感です。「悪いヤツじゃないけど、シャバに出たら絶対再犯するんだろうなあ」ってしみじみしたり。受刑者の連中と雑談してると、それぞれいろんな経験や人生を抱えていることがわかって興味深かった。「刑務所の中にも世間がある」と思いましたよ。

## 無期懲役刑の仮釈放が取り消された「ムキムキ」男

**井川**　ウチの工場には溶接の職業訓練を受けるために、千葉刑務所に行ってから喜連川に来たヤツがいたのよ。そいつによると、千葉は喜連川よりもだいぶ良かったらしい。「オヤジ（刑務官）が細かいことを言わないし、メシも喜連川よりずっとウマい」と言っていた。そいつが「でも、千葉はロング（長期受刑者）だからムキムキがいるんだよね」と言ってたな。

**堀江**　ムキムキ？

**井川**　てっきり、軍隊のブートキャンプみたいに腕立て伏せ300回とかやってケンカに備えてる野郎かと思ったら、無期懲役で入ってきて仮釈放になったのに、また刑務所に戻ってきたっていうんだよ。

**堀江**　ああ、無期無期か。おもしろいな。

**井川**　今は無期懲役で30年も40年も入ってる受刑者が珍しくないけど、昔は10年ちょっとで仮釈放になった時期があったんだよね。ヤクザがヤクザを刺したみたいな話だと、仮釈放の時期がわりと早かったらしい。今は誰が誰を殺そうが、無期懲役の仮釈放はなかなか出ない。やっとシャバに戻ってきても、死ぬまで保護観察下に置かれてしまう。

**堀江**　そうか。いったんシャバに出てきても、仮釈放が死ぬまで続くんだ。

**井川**　せっかく自由の身になったのに、罰金刑以上の何かをやらかして仮釈放が取り消しになったんでしょうな。無期懲役の仮釈放が取り消されて2回目の無期懲役になったら、終身刑と一緒だろうね。どのみち、そんな人間に2回目の仮釈放がつくなんてありえない。

そのあたりは怖ろしいけどね。ムキムキの人間は何をやったって怖くない。どうせ一生刑務所暮らしなんだからね。

## 刑務所で暮らす奇妙な住人たち

**井川**　長野刑務所では、１０００番台の長期刑囚はやっぱ迫力あったの。

**堀江**　ウチの工場にも長期刑囚はいたんだけど、おじいちゃんだしボケちゃってたりして、そんなに怖くなかったです。新人が来ると、刑務官が書類を担当台の上に置いてるんですよね。それをチラ見すると、懲役6年とか書いてあるんです。殺人をやって新しくウチの工場にやってきたそいつは、ウツ病になって3カ月くらいでいなくなっちゃったな。介護疲れで妻だかお母さんを殺しちゃったみたいですけど。

**井川**　だったら思いきり情状酌量がきいて懲役6年はありうるね。

**堀江**　うん。僕も「相当ひでえ環境でがんばって追い詰められて、心神耗弱に近かったんだろうな」と想像しちゃいましたよ。懲役12年のヤツは片足がなくて全身ヤケドでした。こいつはまだ30歳ぐらいで若かった。「好きだった女にフラれて無理心中を図って、自分だけ死ねなかった系かもしれないな」とか想像しちゃった。

**井川** 見てくれからして、そういう感じでしょうな。

**堀江** 僕の同僚に、懲役6年の連続強姦魔がいたんですよ。連続レイプが懲役6年でいいのかって話だけど。そいつは同じ衛生係だったんだけど、メチャクチャコミュニケーション能力が高くて使える部下でした。一緒に仕事をしていると、凶悪レイプ犯とはとても思えない。

ほかにも浜松出身で70歳ぐらいのロングがいて、ガンが見つかって医療刑務所に転院していきました。そいつは宅配便の配達員に突然ブチキレて、ガーッと包丁で刺しちゃったらしい。

**井川** 喜連川はロングのいない初犯だけだったから、さすがにそういうハードな連中とは会わなかったな。私がいたときには、ほかの工場にシャブで捕まったC-C-Bのキーボード（田口智治）がいたらしい。

**堀江** ウチの受刑者で一番嫌われてたのは、娘を連れてオウム真理教の信者になった奥さんにブチキレて刺しちゃったオッサンだった。福岡県出身で町工場かなんかを経営してるオヤジで、博多弁丸出しでした。「堀江さん、福岡出身やろ。僕は自分は悪くないという手記を書いてるんやけど、田原総一朗さんを紹介してくれんかね」なんて言う。自費出版でヘンな本を書いたみたいです。ぜってえ紹介するもんかと思ったけど。

## 獄中で大晦日の格闘技特番を見ていたK-1石井和義館長

**井川**　刑務所って、どこに入るかで処遇が全然違ってくる。喜連川で図書工場に配置されたのはラッキーだったけど、総合点では長野刑務所のほうが良かったかもしれないな。

**堀江**　収監前にとある政治家にコッソリ訊いてもらったら、収監直前の段階で四つの候補に絞りこまれていたみたいです。長野刑務所や静岡刑務所、大穴で横須賀刑務支所という可能性もあったらしい。

**井川**　横須賀はメシがまずいと誰かが言ってたな。

**堀江**　あと1カ所の候補がどこだったか忘れちゃったんだけど、喜連川は入っていなかったと思います。

**井川**　喜連川にはあのとき鈴木宗男先生がすでにいたから「有名人2人は勘弁してくれ」という話だったたと聞いたことがあるな。

**堀江**　僕が喜連川に行ってたら、宗男さんとバッティングしていたのか。

**井川**　静岡刑務所だったら当たりだったのにね。あそこは気候が温暖だし、東海道新幹線だと東京駅から静岡駅まで1時間で行ける。刑務所は静岡駅のすぐ近くだから、誰かが面会に行くときにアクセスもいい。

**堀江**　静岡刑務所にいたK-1の石井和義館長曰く「あそこで怖かったのは津波だけだ」。

**井川**　たしかに、東海地震が起きたらあのへんはヤバい。

**堀江**　石井館長の刑務所話がすげえおもしろいんですよ。あの人はパソコンが全然できなかったんですけど、計算工場に配属されたらしいんです。隣のヤツにパソコンの使い方を教えてもらいながら必死に勉強して、とりあえずやれるようになった。

そうしたら、仲良くなった刑務官が大晦日の格闘技中継をDVDに焼いてきて「見ていいぞ。金線（幹部刑務官）が来る以外の時間に見ろよ」と渡してくれたらしい。

**井川**　K-1の創設者が、刑務所のパソコンでK-1中継のDVDをコッソリ見てたのか。イイ話だなあ。

## 当たりの刑務官とハズレの刑務官

**井川**　刑務官の当たりハズレはデカいよね。

**堀江**　僕の担当刑務官は、完全に当たりのすごい人格者が配属されました。そういう人じゃないと、僕みたいな人間はハンドリングできないと思われてたのかもしれない。

**井川**　私の担当刑務官も当たりだった。まわりの先輩受刑者からは「絶対井川シフトだよ」と言われたけどね。というのも、私が喜連川に来る直前まで厳しい担当だったらしいんだけど、本当に優しくて温厚な刑務官に担当が代わったのよ。

その人は私が図書工場で週刊誌や本を眺めていても、口うるさいことは言わなかった。図書工場の仕事は異物や手紙が混入していないかチェックするのが本業だから、週刊誌を読みこんでたら本当はいけないんだけどね。「井川が出所したら、オレはもう刑務官を辞めるんだ」というのが口癖だった。

**堀江**　シャバで会いたいと思いますか。

**井川**　いつか再会して御礼を言いたいとは思う。オヤジ（刑務官）は車が好きだったから、よく車の話をしてた。なにしろ、公務員なのに60年代のアバルトPC1000なんて乗ってたからね。アバルトって、イタリアの昔のチューンド・カーなんだけど。すごい車好きだったから、私と雑談するときによく「井川、フェラーリってどうなんだよ」みたいな話を振られた。

**堀江**　ウチの担当刑務官はわりと真面目な人だったから、そういう話はあんまりしなかったかな。ただ、交代で入ってくる若いヤツらがちょっとミーハーっぽかった。僕に「何かおもしろいことないかなぁ」とか相談するんですよ。「街コンとか行けばいいんじゃないですか」って言っといたけど。

## 恐怖の「ガチマジ先輩」

**堀江** 喜連川刑務所にいた3年2カ月間、人間関係で苦労したことはありますか。

**井川** ラッキーなことに、そういう記憶はほとんどないな。もちろん面倒くさいヤツはたくさんいたけど、小競り合いになるというほどの問題ではなかった。

**堀江** いいなあ。

**井川** 私が図書工場に配属されたとき、先輩受刑者はほかに5人しかいなかったのよ。こぢんまりとした工場だし、この5人がわりとまともな人間ばかりだったから、人間関係がこじれることもなかった。しかも、なぜか配属から4カ月後に一番の古株になっちゃった。「リーダー」と呼ばれてたけど、要は新人なのに工場長になっちゃったわけだ。

**堀江** シャバで上場企業の社長や会長をやってた人だから、喜連川刑務所も配慮してくれたのかもしれない。

**井川**　自分より年上の受刑者が入ってきたときにも、私が教育係なわけ。完全に牢名主ですわ。

**堀江**　それはメチャクチャいいパターンですよ。長野刑務所なんて上下関係が鬼のように厳しいうえに、ろくでもないヤツだらけでした。

強盗をやって捕まった通称「ガチマジ先輩」は、メチャクチャ愛想が悪いうえに、ちょっとコミュ障気味で融通がまったくきかない。仕事のやり方も、こいつが思ったとおりにやらないとブチブチ文句を言われちゃうんですよ。

一時期「ガチマジ先輩」と僕の2人だけになったことがあって、あのときはメチャクチャ大変でした。

**井川**　シャバではそんな人間とはつきあわなければいいだけの話だけど、刑務所の中では隣人から逃れられないのがつらいよね。

**堀江**　意味のわからない人間関係で消耗して、絶対つきあう必要のないクズと無理やりつきあわなきゃいけない。八女《やめ》市の小学校に通ってたころを思い出しましたよ。

**井川**　内心で「この野郎め」と思っても、中では言えないよね。ほかの受刑者と言い合いやケンカになったら懲罰を食らっちゃうから、我慢するしかない。

堀江　とにかく愚痴が言えないのがつらかった。普段だったら、酒飲みながら「あいつ、マジムカつくよね」と愚痴ったらすぐ忘れちゃうのに、中では愚痴もまともに言えない。衛生係で一緒だった中の1人は、いじめられっ子で話が通じない。僕が何を言っても「そうですよね」くらいしか返事をしないわけですよ。そういうヤツに限って本人にチクる可能性があるから、怖くて本音ではしゃべれない。

井川　作業中にベラベラしゃべったら懲罰を食らう可能性があるしね。

## ヤミ金の事務所に乗りこんでカネを盗んだ強盗犯

井川　私は喜連川で途中から「2種A」に格上げされたんだけど、「2種A」は完全独居房じゃなくて、開放型の居室だったのよ。普段は独居房で生活するんだけど、メシの時間には個室から出て、ラウンジみたいな食堂で食べられる。その自由時間にはテレビを見られるし、オセロをするヤツもいた。

自由時間で人から話しかけられるのが、私は実に鬱陶しかった。でも将棋やオセロをやってるときは、横から話しかけちゃいけない規則があったのよ。「いや、その場面はこっちに指すべきだろ」なんてチャチャを入れられたら、ケンカのもとになるからね。

その規則を利用して、私はメシのあとに1時間くらいオセロをやって、ゲームが終わったら「じゃ、部屋に戻るね」と言って午後8時には部屋に戻って本を読んでた。

**堀江** 自由に話ができないのもつらいけど、やたらと話しかけられるのもウザいですよね。

**井川** 私は孤独に過ごしているほうが性に合っていたから、話しかけられるのはとても面倒くさかった。

**堀江** 喜連川は長期刑囚が入らないから、そんなにヘンなヤツはいなかったでしょう。

**井川** いや、ヘンなヤツもいることはいた。タタキ(強盗)をやって入ってきた若いヤツがいたので「何をやったの」と訊いてみたら、「ヤミ金が集めたカネを置いてある場所を知っていたから強盗をやった」と言うのよ。そんなヤバいことをやって、よく生きてられると思うけど。シャバに出てから報復されるんじゃねえかと。

そのタタキ野郎が「井川さん、もうすぐ出所するんですね。どこに住んでるんですか」なんて言う。ヤミ金業者のところに強盗した人間に、住所教えるバカがいるかと。

**堀江** ギャグとして言っているんですかね。

**井川** いや、たぶん何も考えていない。ちょっとズレてるヤツなんだよ。頭のネジが1本飛んでる感じだったから、シャバに出てきたらそのうちまたとんでもないことをやらかすか殺されるかしそうだね。

## ホリエモンのサイン会にやってきた無免許運転犯罪者

**井川**　たかぽんのところには、長野で一緒だった受刑者がシャバで接触してくることがあるでしょ。

**堀江**　サイン会に来た人がいますよ。出所してすぐのころ、代官山の蔦屋書店でサイン会をやってるとき「どっかで見たおじさんがいるな」と思ってたら、受刑者仲間だった。その人は70歳ぐらいなんですけど、35年間も無免許運転だったことがバレて、道路交通法違反で捕まっちゃった。

あんまり学のない工務店経営のおじさんで、今は息子が継いでると言ってたかな。別に悪い人じゃなくて、ただちょっとルーズだっただけだと思いますけど。スーツを着て、髪の毛も坊主頭じゃなくてフサフサだったから、一瞬誰だかよくわからなかった。わざわざ菓子折をもってきてくれましたよ。

**井川**　その人とはそこそこ親しかったの。

**堀江**　その人は、昼ご飯のあとに15分くらいストーブの前で茶飲み話をするうちの1人だったんですよ。「堀江さん、シャバに出たらゴルフやろうよ」とか言われて「あ、まあそうっすね」とか適当な返事をしてたんですけど。

もう1人、詐欺か何かで捕まったヤツも接触してきて面倒くさかった。まあまあ有名な4年制大学を出たインテリで、コンサルみたいな仕事をしてるヤツだったかな。

そいつからも「堀江さん、シャバに出たら会おうよ」みたいにけっこうしつこく言われて「そうっすね」と受け流してたら、フェイスブック経由でメッセージが来ました。

**井川**　そうか、電話番号やメールアドレスがわからなくても、今はＳＮＳでダイレクトに連絡をとれるんだ。

**堀江**　僕とメチャクチャからみたがるんですけど、当然スルーしてます。ほかにも、刑務所内で無口だったいじめられっ子も連絡してきました。40歳なのにシンナーやシャブでラリってて、バイクで走ってるときにズッコケて前歯が全部なくなっちゃったみたいな、どうしようもないヒトです。

**井川**　ムショで親しく話をしただけで、戦友か同志のような感覚になることはあるよね。そいつらとは、ムショという特殊な環境で円満に生きていくために仲良くしてただけであって、シャバではなるたけ元犯罪者とは関わり合いになりたくありませんな。

ムショの教え

シャバでは付き合う必要のないおかしな人間ともムショではうまくやるしかない

井川意高

くだらない愚痴を言い合えない環境ほど辛いものはない

堀江貴文

## 囚人番号を与えられたCEO

### タオルを勝手に洗っただけで懲罰

**井川**　喜連川刑務所に入って3日目に、なんと私はいきなり懲罰を食らっちゃったのよ。

**堀江**　何をやらかしたんですか。

**井川**　タオルを勝手に洗ったから。こんなルールは書面にもなっていないんだけど、入所したときに刑務官から口頭で注意されたらしい。その説明を聞いていたとは思うんだけど、忘れちゃった。まさかタオルを洗っちゃいけないなんて思わないでしょ。雑巾や布巾は許可なく洗ってもいいんだけど、まさかタオルがダメだなんて想像もしない。喜連川に下獄する前に数週間、東京拘置所に入れられてたんだけど、東拘ではタオルを勝手に洗っても何も言われなかった。

**堀江**　東拘は未決囚とか、刑務所に行く直前の受刑者の一時預かり所みたいなところだから、ルールがユルユルだっただけかもしれませんね。

**井川**　ところがあとでわかったんだけど、「タオルを勝手に洗っちゃいけない」なんてルールは所長の裁量だったらしいのよ。2016年4月に着任した新所長は、刑務官上がりだし見た目はムスッとしてるんだけど実は改革派だった。彼は理不尽なルールをどんどん改革してくれたわけ。私が出所する2カ月前にルールが変わったんだ。あるときウチの工場担当のオヤジ（刑務官）が、受刑者を2列横隊で7人並ばせて説明するのよ。

オヤジが「タオルは来月から自由に洗ってよし」と言った瞬間、まわりの連中がクスクス笑うわけ。オヤジも私の顔を見て「井川、お前の仮釈が決まったタイミングでルールが変わるからって恨むなよ」と笑ってたけどね。

**堀江**　へえ。そのへんは所長の裁量権を発揮できるんですね。逆に言うと、所長が石頭だとルールがもっと厳しくなることもありうるのか。

**井川**　明文化されていないルールが、所長の気まぐれでクルクル変わっちゃう。諸外国を見渡しても、先進国の刑務所の運営がこんなに杜撰《ずさん》なのは大問題だと思うよ。これは刑務所に限った話じゃないけど、日本は行政の裁量範囲が広すぎる。

**堀江**　長野刑務所では、工場用のタオルは刑務官に頼めば毎日洗濯できましたよ。ただし部屋用のタオルは、土曜日の朝メシと運動が終わってから昼メシが始まるまでの間だけしか洗っちゃいけなかった。しかも、たらいに3杯分の水しか使っちゃいけない。土曜日午前以外の日に部屋のタオルを洗っていたら、僕も懲罰を食らってましたね。

## とらやのヨーカンを入れる袋のヒモを結んでいたホリエモン

**堀江**　懲罰のやり方もそうだけど、刑務所って理不尽なことが多すぎますよね。あんな運用の仕方をしていて、犯罪者の更生に役立つわけがない。僕のときは最初の1週間だけ東京拘置所に入れられて、そのあと長野に移送されたんですよ。そこから配属先がなかなか決まらなくて、3週間も待たされちゃった。

3週間ずっと、これから先に何が起こるのか予想がつかない。1人で独居房にいる時間もつらいし、井川さんが言うところのシャバっ気も全然抜けない。あの時期はウツになりそうで本当につらかった。

ようやく訓練工場に配属されて「やっと訓練だ」と意気ごんだら、訓練がもう鬼のようにキツい。しかも真夏に野外で、鬼のように天突き体操とかやらなきゃいけないわけです。

**井川**　訓練工場では何をやってたの。

**堀江**　とらやのヨーカンを入れてくれる、黒地に金色の虎が印刷された立派な紙袋があるじゃないですか。あの紙袋の取っ手のところ、ヒモを通してクッと結んでありますよね。

あのヒモの結びをやってました。

**井川**　とらやで1本1万円のヨーカンを買ってるセレブマダムも、まさか受刑者堀江貴文が刑務所でその袋を作ってたとは想像もしないわな。

## 独居房で延々と折り鶴を作る拷問

**井川**　こっちは先輩たかぽんのおかげで、アカ落ちのときはある程度心の準備ができてた。刑務所での処遇がどんなものか、体験者から直接話を聞いてたし、本も読んで行ったからね。だから「この先何が起きるんだろう」という恐怖感はだいぶ薄らいでいたよ。

私はまず東京拘置所に3週間ばかりいたんだけど、この間は袋貼りをやってた。

**堀江**　僕も東京拘置所では、袋貼りを1週間やってました。

**井川**　私が折ってる袋の中に、大王製紙の取引先の袋もあったっけ。あの袋作りを東京拘置所に発注してたとは知らなかったけど。

**堀江**　この間まで大王製紙会長だった人が、檻の中で大王製紙の取引先の袋をシコシコ折ってるって、なかなかシュールな構図だな。

**井川**　「ということは、この原料はウチで作ってる紙かもしれんな」なんて思いながら袋を折ってたよ。そして喜連川に移ってから、3日目にタオルを洗って懲罰になったでしょ。そのせいで戒告処分を受けて、1週間ちょっと「調査期間」と言われて部屋で延々と折り鶴を作らなきゃいけなかった。あれはけっこうつらかったなあ。ずっと下を向いて、ヨソ見もせずに折り鶴を作らなきゃいけないからね。

**堀江**　拷問ですよね。折り鶴を作ることに、何の意味があるのかわからない。

**井川**　ひたすら退屈だし「とにかく早く時間が流れてほしい」としか思えない。あんな作業を1日中続けていたら気がおかしくなる。ある意味、人格矯正みたいなものだな。法務大臣や国会議員の皆さんには、刑務所で行なわれているあの理不尽な処遇を一度でも視察してほしいもんですわ。

## 人権侵害スレスレの傍若無人な刑務官

**井川**　喜連川では私が出所する1年ほど前からの新訓担当の刑務官がまた理不尽で、見ているだけで不愉快だった。新訓組にいた衛生係から聞いたんだけど「ウチの今の担当はキ●ガイだよ」と言ってた。たとえば、行進のときにしても何をやるときにも、指をまっすぐ伸ばさないで弛緩していると怒鳴るのよ。部屋で歯を磨いているときも「あいてるほうの手は指を伸ばしとけ！」なんて怒鳴る。あんなものは人権侵害以外の何ものでもない。
そいつは柔道をやってたのをやめちゃったせいで、相撲取りみたいなデブなんだよね。太ったせいで膝が悪いから、2階にある新訓工場に上がるときに、いつも貨物用のエレベーターを使っていた。本来は人間を乗せるエレベーターじゃないのに、刑務官が規則違反してどうするんだと。
防災訓練のときにも、自分はデブで走れないもんだからメガホンをもって後ろから「イッチニ、イッチニ」と号令をかけている。部長とかお偉いさんでも受刑者と一緒に走ってるのに、そいつはヨッタヨッタ歩いてついていくだけなんだよね。「こんなヤツ、新訓担当にしていいのかよ」とつい口に出しちゃって、そいつと一触即発になったことがあった。

**堀江**　それはまずいですね。また懲罰を食らいかねない。

**井川**　刑務所ではキレたら損するだけだから、あのときはあわててゴマカシたけどね。どんなに理不尽なことがあって腹が立っても、ただただ、ひたすら我慢するしかない。ヤケになっても意味ないし、ひたすら忍耐するだけの日々でしたな。

**堀江**　僕も腹が立つことはいっぱいあったけど、いなすしかなかったですね。「あいつ、偉そうにしゃべってやがんなあ」と客観的に眺めて楽しむしかない。

**井川**　ああいう環境で長く仕事をしていると、どうしたって嗜虐的なドS体質になるんでしょうな。まるでナチの収容所の所長アイヒマンのようなヤツもいる。そういう性格の悪いヤツが権力を笠に着て威張ると、下にいる人間はたまったもんじゃない。受刑者は絶対反抗できないからね。

もちろん普通の会社にも、イヤな上司なんていくらでもいる。でも理不尽な係長や課長、パワハラの部長がいれば、会社組織ならさらに上の人間にチクってそいつのパワハラ体質を是正することはできる。国家権力をバックにした刑務官の世界では、イヤなヤツがやりたい放題できちゃうんだよね。

工場の連中の処遇にしても、明らかにえこひいきがある。普通にちゃんと真面目にやってるのに、類が上がるどころか3類から4類に下がっちゃったりね。かたやポンポン類が上がるヤツもいる。ウチには「前に出ろ。お前、眉毛抜いただろう」なんて濡れ衣を着せられて、類を下げられた受刑者もいたからね。

**堀江**　眉毛を抜くとか剃るとか、勝手なことをしたら懲罰なんですよね。そんなもん、身だしなみの一環として認めてくれても良さそうなもんだけど。

**井川**　ウチではあまりにもオヤジが理不尽だから、二十数人の工場でみんなが反乱を起こしたことがあるらしい。その工場では十何人が懲罰になって、工場の作業ができなくなって崩壊しちゃった。

**堀江**　僕のときは、理不尽な刑務官がそんなにいなくて良かったですよ。僕は獄中でメルマガを書いてたから、ヘンなことをしたら全部書かれるとビビってたんでしょうね。シャバに出てから、中のことを全部ブチまけられるとわかってる。それがいい意味で予防線になっていたと思います。

**井川**　そうか。私も獄中メルマガとか獄中ブログとかやって話題になったら、理不尽なオヤジたちを虫払いできたのかもしれんな。

## ムショの教え

ムショに入ったら
どんな理不尽にも
ひたすら耐えるしかない

井川意高

どんなに腹が立っても
ムショではいなすしかない

堀江貴文

# 面会は砂漠のオアシス?

## GLAYのTERUが長野刑務所にやってきた日

**井川**　たかぽんの長野刑務所には有名人が続々面会に来たみたいだね。

**堀江**　ウチは面会メンバーが豪華だったから、刑務官も浮き足立っちゃって大変だったと思いますよ。GLAYのTERUさんが面会に来るとわかったときなんて、相当ザワついていた。よく面会室で会う50歳くらいの真面目そうな刑務官でさえ「おい堀江、TERUさん来るのか。マジかよ。お前すげえな」みたいに言ってた。

ほかにもミカジョン(ピーチ・ジョン創業者)とか西原理恵子さんとか、田原総一朗さんとか茂木健一郎さんとか、K-1の石井和義館長とか「カイジ」を描いた福本伸行さん、岡田斗司夫さんとか、いろんな人がわざわざ長野まで面会に来てくれました。

**井川**　長野刑務所史上、こんなに有名人がいっぱい来た例はないでしょうな。田原総一朗さんのときなんて、刑務所じゅうが「取材かよ」みたいにかなりザワついたはずだ。

**堀江**　井川さんがいた喜連川にも、有名人が面会に来たんじゃないですか。

**井川**　ウチには政治家先生も何人か来てくれた。特に野田聖子先生は2回も来てくださった。当時は自民党で総務会長を務めていたから、こっちも相当ザワついたでしょうな。ウチはほかにも作家の林真理子さんも来てくれたし、特に若い刑務官の間では「次は××が来る」「△△も来るらしい」とウワサ話になってたのは間違いない。

野田聖子先生も林真理子さんも、面会室で涙を流してくださるもんだからこっちもグッときた。幻冬舎の見城徹社長みたいに男性でも面会室で感極まる熱い人はいるけど、女性は特に涙もろい。シャバにいるころに会ったときは、スーツを着てシャンパンやワインをガンガン飲んでる私を知ってるわけじゃない。その私の坊主頭が真っ白になっていて、囚人服なんて着て痩せ細っている。そんな姿は想像もつかないだろうから、そりゃオヨヨとなりますわ。

だけどこっちは刑務所ライフが日常になっちゃってるし、本人としては普段と変わらない様子で淡々とニコニコしてる。その姿がまた、余計に涙を誘うらしい。

**堀江**　わかる。僕のときも、面会室でけっこう泣かれてこっちまでウルッときちゃうことがあった。面会のあと、みんなから集めた寄せ書きを差し入れしてもらって、部屋で見ながら1人でホロリとしたこともあった。

**井川**　私に面会に来る人は、いつも友人の佐藤尊徳さんが車でエスコートしてくれたのよ。尊徳さんとは頻繁に手紙のやりとりをしながら外部との連絡をお願いしてたから、面会時間のときも駆け足で業務連絡をしなきゃならない。面会時間には30分以内というタイムリミットがあるから、10分から15分は業務連絡で終わっちゃうのよ。

**堀江**　面会に来た人も、訊くことはだいたい決まりきってますからね。僕のときも、30分の面会時間のうち15分くらいは、メルマガやほかの仕事についての指示とか、会社に対する指示とか、差し入れの指示をスタッフにババババっとやらなきゃいけない。その間、面会に来た人には15分くらい待ってもらってたんですけどね。

**井川**　なんにしても、面会でシャバの人と会えるのはずいぶん気が紛れたよね。特に女の子が来てくれるとうれしい。シャバでまた仲良く酒を飲めるよう、ムショにいても鋭意お勤めをしようという意欲が湧いてくる。

## シャバっ気に後ろ髪を引かれてはならない

**堀江**　井川さんもムショではポーカーフェイスを装っていたと思うけど、内心では「あと何年だな」とか「あと何カ月だな」とか出所が気になりましたよね。

**井川** 外ヅラはわからないように装ってたけど、やはりそこはどうしたって気になった。

**堀江** 僕も出所のことは内心気になっていたけど、気にし始めると死にたくなるから、なるべく考えないように頭を麻痺させてました。長野に来て半年くらいたったころには、もうだいぶ慣れてましたけどね。

**井川** 特に喜連川に入って3〜4カ月は、なかなかシャバっ気が抜けなかったね。環境の変化に慣れるのに、さすがに数カ月かかったけど、3〜4カ月が過ぎてからは、淡々としたものだった。ジタバタしてもしょうがないし、達観したほうがいい。「仮釈放まで3年くらいかな」と思っていたので、18カ月過ぎたあたりからは「これで折り返し地点を回ったな」と頭の中で思っていた。あとは流れるようでしたわ。なにしろ、毎日たいした変化もないしね。1日なんかあっという間で早い早い。

**堀江** 「1カ月＝30日＝720時間」と勘定しちゃうとゾッとするけど、日めくりカレンダーみたいにポンポン1日が過ぎていくイメージだと、そんなに気にならないんですよね。人間、ヤバい環境にいてもけっこう慣れるものです。というか、慣れて麻痺でもしてなきゃやってられない。

**井川** 月日の流れ方について言うと、前方を向いちゃいけないんだよね。なるべく後ろばかり見たほうがいい。「刑期はまだあと2年もあるな」と思うと気が遠くなるけど、「もう3カ月過ぎた」「もう半年も過ぎた」「1年が過ぎたぞ」と後ろを見ると、精神的にグッとラクになる。喜連川刑務所に入ったばかりのころ、矯正管区長と2人で面談したときにアドバイスを受けたのよ。

「井川、先を数えちゃダメだよ。後ろを数えなさい。前を見ると長くなっちゃうから。何日過ぎたとか、何カ月過ぎたとか、後ろを数えるといい」って。

## 手紙なんてメール感覚でどんどん送ればいい

**堀江**　人によっては刑務所への手紙が届かず領置されちゃうこともあるんですけど、たとえばウチのスタッフから送られてくる業務連絡みたいな書類の差し入れは、法律上無限にできます。だから僕は、自分が購読しているメールマガジンや自分がフォローしているツイッターなんかは、全部印刷して大量に差し入れしてもらっていました。

手紙をもらうのは、中での特別な楽しみなんだけど、みんな手紙を手書きしようと思って、ハードルを上げちゃってるんですよね。「パソコンで書いてプリントアウトすればいいから」と徹底するべきでした。

**井川** ムショからシャバへ送る手紙は手書きしか許されないから、「手書きでもらった手紙には手書きで返事しないと失礼にあたる」と考えちゃうんだろうね。

**堀江** そんなこと全然気にしなくていいのに。情報に飢えてるこっちとしては、メールとかLINE感覚で全然かまわないから、思ったことや近況をどんどん書いて送ってほしかった。

**井川** LINEを送るときに、わざわざ万年筆を出して下書きしたり、何回も推敲する人間はいませんわな。

**堀江** 「中に入ったら手紙書くから」と言ってたのに、結局一度もくれない人もけっこういた。あとで「なんで手紙くれなかったの」と追及したら、一度書いた文章を何回も推敲して「いや、やっぱこれは送れないわ」と迷って出さなかったと言うんですよ。

**井川** ムショで苦労してる受刑者に、生半可な手紙は送れないとは思うかもしれん。

**堀江** 生半可でも全然かまわないから、メール感覚でポンポンポンポン気軽に送ってくれれば良かった。手紙をもらいすぎてウザいなんてことはありえない。この点は声を大にして言っておきたいし、誰か知り合いが刑務所に入ったときには、みんな遠慮せずバンバン手紙を送りまくってほしいですよ。

**井川**　それは言えてる。知り合いからの手紙は、他愛もない中身でも100％うれしいよ。

## 面会リストは刑務所ライフの生命線

**井川**　たかぽんは、面会のスケジュールは何カ月も先まで厳密に管理してそうだな。

**堀江**　当然そうしていました。最初の半年は月2回、そのあと1年くらいは月3回、最後の3カ月だけは面会が月5回に増えました。それらの限られたカードは全部フルに使ってましたよ。

**井川**　こっちもまったく一緒だった。

**堀江**　それしか回数がないと、面会したい人リストがたまっちゃってとても処理しきれない。「××さんが会いたいと言っている」と連絡をもらっても、全員と会えるわけじゃないから、仕方なく「すみません」と丁重にお断りしました。堀江を激励しに行こうと張り切っている善意の人もいるわけだから、断り方が難しかったですけどね。

**井川**　面会を申し入れてくる人間の中には興味本位で「この間刑務所に行ってきて、井川に会ってきたのよ」と外で言いたいだけのヤツもいただろうし、シャバにいたときそんなに親しくもなかったのに「面会したい」と言ってくる連中は、「オレは井川に会ってきたんだ」と自慢したい系か、あるいは「わざわざ刑務所まで出かけて井川に面会してやったんだ」と恩に着せたい系かのどっちかだったと思う。

普通の人にとっては刑務所なんておよそ縁がない場所で、ちょっとした非日常のアミューズメント・パークだからね。実際に私が面会した人たちは、心から会いたいと思ってくれた人たちだし、とても感謝してるけどね。

**堀江**　女の子と面会するのは微妙ですよね。Aちゃんと会ったのにBちゃんとは会わないとか、Cちゃんと先に会ってDちゃんが二番手だったとか、あとでヤキモチを焼かれるのは面倒くさい。

**井川**　私はけっこうカッコつけちゃう人間だから、シャバで親しくしてた女の子たちと会いたいという願望がありつつも、刑務所に入ってみすぼらしくなってる自分を女の子に見せたくないという葛藤があったな。女の子と面会すると、シャバにいたころの日々を思い浮かべて、「シャバに戻ってからどうやって遊ぼうか」と妄想が膨らんで楽しかったけど。

K－1の石井館長も同じだったらしい。石井館長は家族以外の女性の面会を断ってたそうだよ。「今のこのムショに入ってるオレの姿を見せたくない」って。ほら、病室で入院している状態を人に見られたくないのと同じ気持ちじゃないかな。私も石井館長の気持ちがすごくよくわかる。

**堀江**　僕はシャバで96キロ近くあった体重が、65キロまで減って帰ってきたんですよ。30キロも痩せて坊主頭だし、精悍というよりも、修行僧みたいに見えたかもしれない。

**井川**　たかぽんは若いからまだいいんだよ。私の場合、もともと若白髪だったから坊主頭が真っ白になっちゃったし、痩せたらすごく老けて見えたらしい。喜連川まで来てくれたお袋にも「なんか死んだじいさんにソックリになってきたね……」なんて言われちゃった。あとで自分で鏡を見たらお袋の言うこともわかって「やっぱりこの顔はあんまり女には見せたくねえな」と思いましたわ。

## ムショの教え

刑務所では
前を向いてはいけない。
後ろを数えろ

井川意高

慣れて麻痺でもしなきゃ
〝中〟ではやってられない

堀江貴文

# 第6章 井川家のサラブレッドと福岡の雑草

## 正反対だった神童2人の幼少時代

### 新聞配達の給料でパソコンを買った中学生時代

**堀江**　僕は福岡県南部の山間部にある、八女市という田舎の出身なんですよ。あまりにも田舎すぎて何もない。ウチの父親はトラックの販売会社に勤めていたんです。地元の高校を卒業してから地元の企業に就職して、ずっと同じ会社で働き続ける典型的な昭和のサラリーマンでした。

**井川**　たかぽんは幼少期からユニークだったと思うんだけど、両親とはソリは合ったの。

**堀江**　ウチは両親が共働きで留守がちだし、百科事典しかまともな本がなかったから、小さいころの僕は1人で暇つぶしに百科事典を熟読するしかなかったんですよ。父の口癖は「せからしか！」（「やかましい」という意味）でした。読書を通じて得た理屈を僕が口にすると、「せからしか！」とキレてビンタする。庭の木に縛りつけられたこともありました。今だったら虐待ですけどね。

**井川**　お母さんはどうだったの。

**堀江**　特に教育熱心というわけじゃなかったですよ。小学校の6年間、警察がやってる柔道の道場に強制的に通わせられたのはホントにイヤだった。かなりハードな苦行を週に3日間、6年間続けなきゃいけなくて、心からイヤだった。

**井川**　今のたかぽんからは想像つかないよ。

**堀江**　僕にとっての転機は中学生時代でした。小学生のときに見た映画「ウォー・ゲーム」（1983年）が衝撃的で、この映画のことがずっと頭から離れなかったんですよ。高校生のハッカーが北米航空宇宙防衛司令部（NORAD）のコンピュータに侵入してしまって、第3次世界大戦を起こしそうになるという話です。

「コンピュータってすげえ！　これを使えば絶対世の中を変えられるぜ」と確信した僕は、「中学校の合格祝いにお願い」とか「ゲームじゃなくて勉強に使うために必要なんだ」とか適当なことを言って、新しいパソコンを買ってもらいました。

**井川**　たかぽんの中学入学時ということは、日本では一番早い時期にパソコンをゲットしたんじゃやない。

**堀江**　僕が中学生になったのが85年なんですけど、この年に茨城県つくば市で科学万博が開かれました。第1次コンピュータブームが起きたころなので、たしかにかなり早かったとは思います。中学生になった瞬間から僕はパソコンにドハマリするんですけど、初心者用のマシーンではすぐに満足できなくなっちゃいました。

そこで中学2年生のときに、2台目のパソコンを買うことにしたんですよ。1台目のマシーンが7万円くらいだったのかな。2台目は20万円もするので親から借金して買って、20万円は朝の新聞配達をやって返すことにしました。

**井川** これも今のたかぽんからは考えられない苦労話だな。

**堀江** そうまでしても、僕はどうしてもパソコンを手に入れなければならなかった。もう勉強なんてやってる場合じゃない。「オレはコンピュータを使って世の中を変えてやる」と本気で妄想してるわけですからね。

## 大王製紙創業家「華麗なる一族」に生まれた井川意高

**堀江** 僕の幼少時代と比べると、井川さんの小さいころは真逆だったんじゃないですか。なにしろ、大王製紙創業家の3代目ですからね。

**井川** いやいや、私の実家なんて愛媛県伊予三島市（現・四国中央市）のド田舎だから。田舎度で言ったら、たかぽんのところと大差ないんじゃないかな。とはいえ、大王製紙創業者の祖父・井川伊勢吉の家と私の自宅は、合わせて1200坪あったから、デカい家が多い田舎でもそれなりの豪邸ではあった。

**堀江**　将来は大王製紙を継ぐ運命にある井川さんだけに、オヤジさんはけっこうスパルタ教育だったんじゃないですか。

**井川**　1学年200人くらいしかいない田舎の学校だから、小学5年生くらいまでの勉強なんて、何もしなくても常に成績トップになれるでしょ。予習・復習なんてわざわざやらなくたって、普通に教科書を見て授業を受けていれば、地頭だけでなんとかなっちゃう。

小学5年生のとき、代々木ゼミナールの夏期講習で模擬試験を受けてみろとオヤジが言うのよ。それまで受験対策なんて何一つやったことがなかったんだけど、東京に出てきてノープランで模試を受けてみたら、全国2位になっちゃった。その結果を見たオヤジがその気になって、「お前は絶対に東大を受けろ」と言い出した。

**堀江**　その気になったオヤジさんが、小学5年生以降完全にスパルタになっちゃったわけだ。

**井川**　四国の工場で働いている社員のうち、京都大学や早稲田大学を卒業している者を選抜して、国語や数学、理科あたりの家庭教師としてつけて勉強するようになった。オヤジが自分のポケットマネーで時給を払って、学校から帰ったら毎日1〜2時間は大王製紙社員の家庭教師と一緒に勉強だったな。

小学5年生に引き続いて、6年生の夏休みにも東京に出てきて代ゼミの夏期講習に通ってた。帝国ホテルに泊まりこんで、お袋が一緒に付き添ってくれたっけ。

**堀江**　帝国ホテルに連泊するところが「華麗なる一族」っぽくていいな。

**井川**　小学6年生のときに、オヤジの仕事の都合で四国から東京に引っ越してきたのよ。小学6年生の1月、3学期の頭に「中学は教駒（東京教育大学附属駒場中学校＝現・筑波大学附属駒場中学校）と麻布を受けます」と言ったら、小学校の先生に鼻で笑われちゃった。「田舎でちょっと優秀だったからといって、そんな偏差値が高い中学を受けるのか」とバカにしてたんでしょうな。そしたら、筑駒と麻布中の両方とも受かっちゃった。

## ホリエモンも驚いた全教研

**堀江**　僕の故郷はまわりが超農村地帯で、小学校の1学年150人のうち大学まで行くヤツは4人くらいしかいなかったと思います。ド田舎の農家の長男とか次男がダーッと揃ってたから、ほとんどが家の農業を継いだんじゃないかな。女の子のうちちょっと派手な子はスナックに勤めるみたいな、典型的なダメダメな田舎でした。

だから小学4年生までは井川さんと同じく、何の勉強もしなくても地頭だけで成績は圧倒的ナンバーワンです。

それで小学3年生のとき、担任の先生が「塾とか行ったほうがいいんじゃないの」と言ってくれたんですよ。

**井川** 塾は有名なところだったの。

**堀江** 福岡ローカルではナンバーワンの、全教研という塾です。全教研には孫泰蔵君（ガンホー・オンライン・エンターテイメント創業者、孫正義氏の弟）も通っていました。ここでも最初からいきなりトップ10だったんですよ。学校の勉強は簡単すぎてつまらないんだけど、全教研の勉強はやりがいがあってはるかにおもしろかった。全教研では一度も成績トップになったことはないんですけどね。異常に勉強しまくってるヤツが常に1位だったから。

塾には医者の息子が1人いて、そいつのお母さんがいつも親切にしてくれたのも楽しかった。八女の公立小学校では全然刺激がないんだけど、放課後に通う塾はちょっとした異世界で、クラスメイトのレベルも全然違う。孫泰蔵君もいるし、パチンコ屋の息子ですげえカネ持ちもいる。小学生なのに、ゲーム機をやたらいっぱいもってるヤツもいた。親がボイラー技士をやっているので家に試薬がいっぱいあって、小学生なのに薬品をバンバン扱える化学実験オタクがいたり、とにかく塾はとても刺激的でした。

**井川**　田舎の小学校から思いきって一歩飛び出したおかげで、世界が大きく広がったわけですな。

**堀江**　全教研に通いながら勉強して、久留米大学附設中学に入れたんですよ。そこは福岡では一番の中高一貫教育の進学校だけあって、半分は医者、4分の1は東大に入るような学校でした。

東大の教え

# 初めて受けた模試で全国2位になった

井川意高

# パソコンで世界を変えてやろうと思った

堀江貴文

# 東大へとつながるロードマップ

## 筑駒か麻布か　東大への階段を一段ずつ上った10代

**堀江**　筑駒も麻布もどっちもすごい進学校ですけど、井川さんはどっちを選んだんでしたっけ。

**井川**　筑駒は国立、麻布は私立でしょ。筑駒のほうは授業料がだいぶ安いので、麻布中に行くのはやめちゃった。オヤジは「授業料の差額は小遣いとしてやる」と言ってたのに、中学に入ってみたらウソだったことがわかった。

**堀江**　筑駒って男子校でしたっけ。

**井川**　中高一貫の男子校。しかも筑駒のまわりも、駒場東邦高校だとか日本工業大学付属東京工業高校（現・日本工業大学駒場高校）だとか、男子校だらけでムサい。麻布中のまわりには東京女学館とか東洋英和女学院とか女子校がいっぱいあったから、そのことを知ってたら筑駒には行ってなかっただろうね。あとの祭りだけど。

**堀江**　中高時代はどこに住んでたんですか。

**井川**　オヤジがパレ・ロワイヤル永田町に住んでたので、中高時代はそこから銀座線に乗って渋谷まで出て、井の頭線で駒場東大前駅まで乗り換えて通ってた。

**堀江**　パレ・ロワイヤル永田町って、鬼のように家賃が高いマンションじゃないですか。さすが僕とは全然違うな。田舎者の僕は都会にあこがれてたから、心からうらやましいですよ。僕は東京に出る口実に東大に入ったようなものだから。

**井川**　たかぽんの場合、明らかにそうだろうね。

**堀江**　ちなみに筑駒生は、どのくらいの割合で東大に受かってたんですか。

**井川**　筑駒は東大率が高くて、浪人組も入れると、1学年160人のうち125人くらいが東大に進学してた。

**堀江**　なるほど。となると、筑駒に入れた時点で東大行きがほぼ決まりですね。

**井川**　筑駒から慶應や早稲田に入るヤツもいたんだけど、彼らは基本的に仮面浪人なのよ。いったん慶應や早稲田に入ってから受験勉強を続けて、翌年東大に再チャレンジして乗り換えるっていう。

**堀江**　ウチの久留米大学附設高校でもそんな感じでした。あそこは九州大学医学部に入るための医者予備校みたいなところだったんですけど、九大医学部に入れるヤツは東大の理

Ⅰ（工学部）ないし理Ⅱ（理学部、農学部、薬学部、医学部保健学科）には絶対通りますから。いわんや僕が受かった文Ⅲ（文学部、教育学部）なんて、誰でも入れるレベルです。

**井川**　理Ⅲ（医学部医学科）はさすがに難しいか。

**堀江**　受ければ学年で10人くらいは受かったと思いますけど、理Ⅲは難関すぎて危険ですからね。それなら地元の九大医学部に入ったほうがいい。

## ゴルフクラブでオヤジに殴られながらひたすら勉強

**井川**　筑駒に入ってから遊んでばかりいたものだから、オヤジが「勉強しろ、勉強しろ」とメチャクチャ厳しかったのよ。自分は慶應の英文科を卒業してるもんだから、息子が英語ができないのが許せない。小学校の勉強までは地頭でトップにいられたけど、中学校に入ってからは、英語という未知の教科に誰だって戸惑う。予習・復習をしないと、英語の授業にまったく追いつけなくなるわけだ。

中学に入ってから英語につまずいてあっという間に落ちこぼれて、ひどい成績を取っていた。それを見たオヤジが「なんだこの成績は！」と怒り狂って、自ら家庭教師をやることになったのよ。

**堀江** それはけっこうウザいな。

**井川** オヤジは、平日は会食が終わったあと急いで帰ってくると「おい、やってるか」と私の部屋をのぞいて勉強が始まり、土曜日も半日がかりで個人授業だった。

こっちは文法もロクにわかってないのに、ロバート・ルイス・スティーヴンソンの冒険小説『宝島』やらラフカディオ・ハーンの『耳なし芳一』やらの原文をよこして、「これを訳せ」なんてムチャクチャなことを言うのよ。当然、そんなものをいきなり読めるわけがないよね。

たちまち行き詰まると、オヤジは癇癪を起こして本を投げつけたり鉄拳制裁する。あるときはゴルフクラブで殴ろうとしたこともあった。あのときは母が必死で止めて、オヤジはしょうがないからゴルフクラブを逆にもってグリップで私をぶん殴ったけどね。

**堀江** スパルタというより、完全に虐待だなあ。

**井川** でもそうやって生命の危険にさらされながら必死で勉強してたら、英語が読めるようになったから不思議だった。ぶん殴られながら必死で読んでいったら、2回目か3回目にはだいたい意味がとれて訳せていたからね。あのときの軍隊式トレーニングがあったおかげで、英語の成績が上向いていったのかもしれない。

## 中学1年生の授業でいきなり「オイラーの公式」をカマされる

**堀江**　久留米大学附設中学では、担任が数学の先生だったんですよ。そいつが中1の最初の授業で、いきなり「オイラーの公式」についてバーッと説明し始めて1時間が終わっちゃいました。みんな呆然としてたな。

**井川**　筑駒とよく似てる。ウチの中学の理科教師も、中2のときにいきなり加速度運動の公式なんて書き始めて「お前らにはわからねえだろ。難しいから」とか言ってた。中学生相手に何やってるんだっていう。

**堀江**　ウチの技術の先生は特攻隊の生き残りだったもんだから、授業中にずっと飛行機とか船の模型ばかり作ってましたよ。

**井川**　そっちも相当キテるね。ウチの高校の日本史教師なんて、高1のときに大政奉還からスタートして、高3で卒業するときにまだ「明治14年の政変」をやってたな。自分の専門分野だからって、そこだけ無駄に詳しく教えてた。英語の教師なんて、公務員は副業禁止なのに、別名を使って代ゼミでアルバイトをやってた。ムチャクチャな学校でしたな。

筑駒は万事そんな感じで、学校では教師が好き勝手やって生徒は自由放任。単位制に近い感じだったから、出席日数が足りていて試験で70点くらい取れれば、それで進級は問題ない。教師の大半は日教組（日本教職員組合）。半分くらいは共産党員。革マル派崩れの教師なんて山のようにいた。世界史の教師なんて学生時代にゲバ棒をもって走ってた元活動家だし、倫理の教師なんて完全にずーっと共産主義思想教育をやってた。とんでもねえ左巻きの学校でしたな。

**堀江**　教師はみんな根が反権力だから、生徒を自分たちに従わせようともしない。

**井川**　学校の授業では教師が趣味みたいな内容の授業で好き勝手やっていて、東大に入るための受験勉強は自分でなんとかするしかなかった。自習する者もいれば、学校とは別に予備校に通う者もいた。高校生のころの私は、映画館に出かけたり麻雀ばっかりやって遊んでたけどね。

## 1000点1000円で雀荘に通い詰めた高校生時代

**井川**　私は小学校からずっと、遊ぶ場所は渋谷と決まってたのよ。6年生から通ってた大向小学校（現・神南小学校）は渋谷の東急ハンズの裏側にあったし、中高生時代も東大時代も、遊ぶときは駒場東大前駅から渋谷に繰り出して、ずっと渋谷を根城にしていた。

**堀江**　渋谷のどのへんで遊んでたんですか。

**井川**　あのころはチーマーが出てくる前だから物騒じゃなかったので、センター街からスペイン坂にかけての界隈をブラブラしていた。昼間はそのあたりの喫茶店で同級生とダベったり、夜は麻雀をやったり酒を飲んでた。昔の雀荘はユルユルだったから、高校生が麻雀をやってても「身分証を出せ」なんて言われなかったのよ。

**堀江**　麻雀以外のギャンブルもやってたんですか。

**井川**　パチンコはけっこうやってた。競馬はあまり興味がないんだよね。前走成績を読んだり、血統を見たり、調べ物が多いのが面倒くさい。私は基本的に堪え性のない人間なので、バカラみたいに運任せのゲームのほうが本当はおもしろい。

**堀江**　これはのちのちの人生とも関わる話ですけど、高校生時代から麻雀でおカネは賭けてたんですか。

**井川**　1000点50円くらいだったかな。私は1000点100円のレートでやりたかったんだけど、まわりの同級生のフトコロ具合もある。「1000点10円じゃオレはやらねえぞ」と言い張って、結局1000点30円か1000点50円くらいのレートだったかな。中には1000点100円で打ってもいいというヤツがいたから、そういう連中と重点的に遊んでたけど。

**堀江** 高校生にしてはけっこうたくさん賭けるんですね。

**井川** 負けが込んで借金をためるヤツもいましたな。

**堀江** 井川さんは強かったんですか。

**井川** いや、当時麻雀はそんなに強くなかった。今でも、上がったときのきれいさを重視してどうしても大きい手を狙ってしまう。そういうことをやってるから、バカラで106億8000万円まで負けが込んじゃったわけだけど。

東大の教え

# ゴルフクラブで殴られながら英語を勉強した

井川意高

# 東大進学は東京に出るための口実だった

堀江貴文

## そして東大へ

### 東大なんて受験勉強のテクニックで誰でも受かる

**堀江**　ウチの中高では、トップクラスのヤツらが6年間ずっと勉強ばかりしてるわけですよ。なんでこんなに長い間勉強ばかりやってるのか、僕には意味がわからなかった。だって受験勉強なんてテクニックさえ工夫すれば、誰だって点を取れるじゃないですか。センター試験なんて、あんなものは過去問を10年分丸暗記したり、ポイントになる問題集を全部丸暗記しちゃえばいい。

**井川**　私もそう思う。たかぽんは性格上短期集中型で丸暗記するタイプだと思うけど、私は中高の6年間を通して、労力をチョボチョボ分散させて勉強していった。そして文I（法学部）に現役合格したわけだけど、文Iは決して超難関というわけでもないと思う。

**堀江**　僕は文III（文学部、教育学部）に現役合格したんですけど、メチャクチャ勉強しまくってたわけではないので、けっこうギリギリで危なかったと思います。だから前期試験じゃなくて、後期試験で受かろうとしてたんですよ。文IIIの後期は2次試験が英語と小論文しかないから、センター試験の足切りさえ通っちゃえば、あとは楽勝だと思ってました。
　そもそも東大って、全部で毎年４０００人近く受かるわけですよ。当時のセンター試験受験生は全国で40万人ちょっとだったのかな。だとすると１％だから、実は学年に１人は東大に受かる。

**井川**　２次試験の競争率なんて、たった３倍だしね。

**堀江**　そうそう。センター試験でミスって足切りに遭わない限り、あとは記述試験で３倍の競争率を勝ち抜けばいい。センター試験なんて、あんなものはホントにただのテクニックで８割５分くらいは軽く取れます。

**井川**　私のときは共通一次（現・センター試験）で現代文と古文・漢文、英語、数Ⅰ・数Ⅱ、それから理科と社会を２科目ずつ受けなきゃいけなかった。自己採点したら１０００点満点のうち９２５点だったな。

**堀江**　すごいですね。

**井川**　足切りラインが８７０点だったから、９００点ちょっと取っておかないと足切りに遭う可能性がある。筑駒のできるヤツらは９７０〜９８０点も取ってたよ。

**堀江**　僕のときは文系は理科が１科目に減って、８００点満点だったんですよ。数学では

200点満点取らなきゃいけないのに、数Ⅱで大失敗して130点くらいしか取れなかった。だから70点足りなくなっちゃって、足切りギリギリでした。あのときは危なかった。

## たまたま大好きだった『源氏物語』が東大の試験に

**井川**　私は数学が本当に苦手だったから、文系に行くことにしたんだけど、「文Ⅰの2次試験では、数学で落としていいのは4問のうち1問だけだ」と言われていた。「文Ⅱは2問まで落としていい。文Ⅲは3問まで落としていい」と当時言われてたんだけどね。ところが自己採点してみたら、2問半落として1問半しか解けていなかった。

これはダメかと一瞬あきらめかけたんだけど、そのあとの国語や社会の出来が良くて受かっちゃった。今でも東大は国語力だけで受かったと思ってるけどね。

**堀江**　東大の国語は記述試験がけっこうムズいですよね。

**井川**　私の場合、運が味方してくれた。「東大の古文の試験には『源氏物語』は出ない」という通説があって、清少納言の『枕草子』ばかり出てたのよ。ところがなぜか『源氏物語』が出た。私は受験勉強とは関係なく『源氏物語』が好きで読んでたものだから、問題を見た瞬間、中身がすぐわかって楽勝で解けちゃった。

**堀江**　それはラッキーでしたね。僕のときもそうだったけど、ミラクルだろうが何だろうが、入試なんてとにかくパスしちゃえばこっちのもんです。

**井川**　ちなみに東大法学部に入ったら51人のクラスだったんだけど、51人中15人が筑駒の先輩や同級生だった。だから高校の延長線みたいな感じで全然違和感がなかったな。井の頭線の駒場東大前駅で降りて右側に進むとすぐ東大のキャンパスがあって、駅の出口から左側にちょっと歩くと筑駒がある。「なんで筑駒の連中はみんな東大を受けるのか」「定期を買い換えたくないからだ」なんて冗談があったっけ。

## 2LDKのマンションに暮らしBMWを乗り回す東大生

**堀江**　僕は東大にはほとんどロクに通わなかったんですよ。文学部に入ってから宗教学宗教史学科に進んだんですけど、結局は中退しちゃった。大学には行かず、麻雀と競馬にハマり狂ってました。麻雀については中2のころに一番ハマってて、友だちの家に泊まりこんでまでやってましたね。

**井川**　私は泊まりこみまではしなかったけど、講義をサボって雀荘に行ってたな。

**堀江**　大学に行って一番良かったのは、朝から晩まで寮でずっと麻雀をやってても、誰からも文句を言われない。寮が雀荘と化していて、麻雀↓寝る↓バイト↓麻雀↓寝る↓バイトの連続でした。

**井川**　渋谷の神泉というところに、オヤジが2LDKの古いマンションをもってたのよ。築30年以上たってたかな。私はずっと一人暮らしをしたことがなかったから、女の子を連れこむつもりで、そこのマンションで一人暮らしをさせてもらった。そしたら当然のことながら、野郎どもの下宿&雀荘になっちゃったわけだ。女を連れこむどころじゃなくて、ムサ苦しい野郎が集まってずーっと麻雀ばかりやってたな。

**堀江**　爛《ただ》れた感じで最高ですね。それでこそ東大生だ。それにしても、同じ学生雀荘でも、寮と2LDKのマンションじゃ大違いだな。

**井川**　学生時代はBMW635を乗り回していたから、たしかに生意気ではあった。

**堀江**　それ、けっこう高かったでしょ。

**井川**　当時は1ドル＝240円くらいの為替相場だったから、新車のBMW635は1000万円以上したんじゃなかったかな。

## マンガ『江川と西本』は「井川意高と堀江貴文」の相似形だ

**堀江**　井川さんと僕は、同じ東大出身といってもタイプが全然違うわけですよ。井川さんは四国の田舎出身だといっても、小学6年生からずっと東京ですしね。『グラゼニ』という超おもしろい野球マンガがあるんですよ（画・アダチケイジ）。その原作者でもある森高夕次さんが原作を担当してる『江川と西本』というマンガがあるんです。

作新学院高校や法政大学野球部で「怪物」と呼ばれた江川卓は、「空白の一日事件」で大顰蹙を買いながら、長嶋茂雄監督のメチャクチャなえこひいきによって巨人に入るわけです。かたや西本聖は、甲子園にも出られなかったしプロ入りはドラフト外だったのに、圧倒的努力と上昇志向によって巨人の先発ローテーションに滑りこむ。江川タイプと西本タイプって、東大に両方いると思いませんか。

**井川**　受験戦争を勝ち抜いて東大に入ったら、田舎者も都会人も、貧乏人もカネ持ちもスタートラインは一緒ですからな。

**堀江**　田舎から東大に受かった僕みたいな人間は西本、井川さんみたいなタイプは江川だと思うんですよ。西本タイプはもともとが田舎くさくて泥くさいから、練習の鬼になって一生懸命がんばって、エースの座をつかもうとする。江川タイプは、最初から王道に乗っちゃってる。だから西本タイプは、江川タイプに妙なコンプレックスとライバル心を抱き続けて、どんどん孤独になっちゃう。

**井川**　私の場合、東大の中では江川タイプというほどでもなかったんじゃないかな。だってまったく勉強してないのにメチャクチャ頭がキレるヤツはほかに大勢いたし、司法試験や国家公務員の上級職試験に受かるヤツはゴロゴロいたからね。

そんな連中に比べれば、私なんかは東大法学部では落ちこぼれでしょうな。

東大の教え

東大時代から
BMWを乗り回していた

井川意高

僕なんて
ど田舎から東大に入った
「西本タイプ」だった

堀江貴文

## 東大は何も教えてくれない

### 童貞を捨てた大学1年生

**堀江**　僕に最初のカノジョができたのは、東大1年のときです。バイト先の塾の生徒だった女子高生でした。その子の家は世田谷区の成城にあったんですけど、お父さんの事業がうまくいってるらしくてメチャクチャカネ持ちだった。井川さんに初めてカノジョができたのはいつですか。

**井川**　私も同じく大学1年生。大学デビューだった。筑駒もまわりの学校も男子校ばかりだから、中高生時代はほとんど女の子との接点がなかった。同級生の妹が東京女学館高校に行ってるというので学園祭に繰り出したことはあるけど、そういう縁でもなかったら、女子校に出張っていくほどの度胸さえない。

**堀江**　僕なんて中高生時代は八女の田舎で暮らしてたから、もっと条件は厳しかったですよ。僕の高校の近くには久留米信愛女学院という女子校があって、そこは松田聖子の出身校でもあるんですよ。2歳下には女優の吉田羊さんもいたみたいですけど、信愛女学院の子とはまったく接点がなかった。

中学生時代にサマースクールに出かけて女子と知り合って、仲良くなって遊びに行ったことはあります。でも中学生が八女から福岡市まで出かけて、映画を見たりデートするのは全然カネが続かない。

高校生時代は八女から久留米市まで自転車通学してたんですけど、10キロ離れてたから片道40～50分かかってたのかな。八女から久留米まで自転車通学してるヤツなんて、たぶん僕くらいしかいなかった。

**井川**　つまり、地元の八女の学校に行く女子と通学中につるむ可能性はなかったわけだ。

**堀江**　つるむとしたら、久留米市内とか福岡市内にいる女の子と仲良くならなきゃいけなかった。なんとかそこで女の子と仲良くなったとしても、お小遣いの金額を考えれば、月に1回会えるかどうか。これじゃ中高生時代にまったく芽が出ないのは当たり前だ。

## ホリエモンと同じゼミだったフジテレビ佐々木恭子アナウンサー

**堀江**　東大に入ってから、わざとスペイン語のクラスに入ったんですよ。東大文Ⅲのスペイン語は1クラスしかなくて、そこには50人中27～28人も女子がいた。スペイン語なんて特に勉強したくもないのに、わざとそこを選びました。

**井川**　私の場合、東大に入りたての教養課程では文Ⅰ（法学部）と文Ⅱ（経済学部）の合成で51人のクラスだったのよ。その中に女の子が2人いるらしいと聞いて、オリエンテーションのときにまわりを見渡したわけ。点呼のときにまわりを見ると、1人はたしかに女子の格好はしている。もう1人については、生物学的には女子なのかもしれないけど、とても女子には見えなかった。そんなわけで、大学も男子校みたいな感じでしたわ。

**堀江**　僕が文Ⅲに入った理由は、東大の中で一番女子が多いからというのが大きいんですよ。もちろんガリ勉も多いけど、さすが女子率が高いだけあって、クラスに2〜3人はかわいい子がいました。菊川怜（東大工学部建築学科卒業）はだいぶ年齢が違うけど、1学年上には髙田万由子（東大文学部西洋史学科卒業）がいましたね。

フジテレビのアナウンサーになった佐々木恭子（東大教養学部フランス科卒業）は同学年で、しかも僕と同じゼミだったんですよ。文化人類学者の船曳建夫先生のゼミでした。

**井川**　船曳先生は「東大の田村正和」と言われていて人気があったよね。あのゼミにはかわいい女子学生が大勢集まってたらしい。日本テレビの「進ぬ！電波少年」で芸人を東大に受からせようという企画をやってたとき、家庭教師をやってた美人の「ケイコ先生」も船曳ゼミだったよね。彼女はその後、浪曲師・春野恵子として活躍してるけど。

**堀江** 佐々木恭子も当時からかわいかったですよ。船曳先生の傘のもとで、かわいい東大生と仲良くなれたのは良かったです。

**井川** それはうらやましいなあ。こっちは野郎ばっかりだったのに。

**堀江** ちなみに佐々木恭子は1回離婚したあと、元ライブドア証券の社員と再婚したんですよ。本当なら僕も主賓で招待されてるはずでした。そこに犬猿の仲である日枝久（フジテレビ前会長）もいるっていう。

**井川** その構図はおもしろすぎるな。

**堀江** だけど、たまたま僕が逮捕されて拘置所にいるときに結婚式がぶつかっちゃったんですよ。ライブドア側の出席者は、たぶん1人か2人しかいなかったんじゃないかな。佐々木恭子と一緒に朝の「とくダネ！」に出てる小倉智昭さんが「フジテレビはライブドアに買収されませんでしたが、佐々木恭子は買収されました」と挨拶したらしい。

**井川** わはは。それ最高だな。

## 東大ゴルフサークルとヨットサークルで遊びまくる

**井川**　こっちは東大時代、クラスやゼミに全然女子がいないものだから、ゴルフサークルとヨットサークルに入って遊んでた。ヨットのサークルに入ってきた女の子とつきあって、そのまま結婚したんだけどね。髪がストレートで長くて、一目惚れしちゃった。結局離婚したけど。

**堀江**　その子は東大ではどの学部だったんですか。

**井川**　彼女は東大じゃなくて、ヨソの女子大だったのよ。東大法学部はともかく女子が少ないから、サークル経由で他大学の女子と接触しないことにはどうしようもなかった。聖心や、白百合、清泉なんかの女子大やトンジョ（東京女子大学）、ポンジョ（日本女子大学）あたりの子がヨットサークルに入ってきたんだけど、慶應ボーイと競り合うとこっちは負けちゃうんだよね。

## 憲法の卒業試験は「淫行条例について論ぜよ」

**堀江**　井川さんが大王製紙に入ることは暗黙の了解だったわけだから、東大法学部時代の4年間は完全にモラトリアム（猶予）期間だったんですよね。東大で一生懸命勉強する必要なんてなかった。就活する必要もないし、東大に入学した時点で、4年間は遊びまくっていいボーナスのような期間と決まっていたんじゃないですか。

**井川**　実際大学の授業にはほとんど出ていないし、特に教養課程が終わったあとの後期の2年間なんて、試験のときしか大学には行かなかった。試験の直前に、真面目な同級生に頭を下げて大学ノートのコピーを取らせてもらっていたね。試験の前日にそれを丸暗記すれば問題ない。ただし、1科目100ページ以上あるけどね。

**堀江**　東大に限らず、4年制大学の試験なんてそんなものですよね。試験がなくてレポートだけでOKな授業もあるし。

**井川**　卒業なんて甘々だったよね。憲法だとか民法みたいに必須の講義だと、当時は大教室に630人も学生が入った。出席なんてとってたら90分の授業のうち30分が終わっちゃう。だから最初から出席なんてとらない。要は試験さえ通っちゃえばいいだけなんで。

護憲派論客としてよく出てくる樋口陽一先生の憲法の講義を受けていたんだけど、卒業試験の用紙をパラッとめくったら「淫行条例について論ぜよ」と書いてあったのは笑ったな。

**堀江**　ははは。ロクに大学に行かなかったうえに、よりによってそのテーマが卒業試験ですか。

**井川**　1年に1回しかない一発勝負の試験が「淫行条例について論ぜよ」だった。罪刑法定主義について論じたうえで、条例で自由刑（人間の自由を奪う刑）を科すことは憲法違反である、民法では女性は16歳から結婚できるのに、条例では18歳未満の子とエッチしちゃいけないことになっているのはおかしい。このあたりをメインに書いたら、「優」「良」「可」「不可」のうち私がもらった評価は「優」だった。

私は特別背任のグレイゾーンについてよくわかっていなかったくらいだけど、憲法と淫行条例については強いんですわ。

## 18歳から25歳まで毎晩銀座で飲み歩く

**堀江**　僕は大学にロクに通わないまま I T系の仕事を始めて、そのまま大学からフェードアウトしてビジネスの世界に入っちゃいました。井川さんは東大卒業後、どんな生活をしてたんですか。

**井川**　18歳のときにオヤジに銀座に連れて行かれて、「これからはオレにツケを回していいから」と言われたのよ。銀座ではワコール2代目の塚本能交社長や「家庭教師のトライ」創業者の平田修会長、中山製鋼所3代目の中山雄治社長、東映の渡邊亮徳副社長、作家の小池一夫先生、裏千家の若宗匠とか次々と紹介されてよく遊び回っていた。18歳から25歳くらいまでは、とにかく銀座で遊び倒しましたわ。

**堀江**　早すぎる銀座デビューですね。それまで男だらけの空間で不遇を味わってきただけに、夜の世界を初めて知ったときにはヤバかったでしょ。

**井川**　「世の中にはこんなにきれいな女性が大勢いるのか」とびっくりした。こっちはまだ世間のことをまったく知らない奥手だし、彼女らは普段オッサンばかり相手にしてるから、18歳のガキが来たらかわいいわけだよね。年も近いし。その子たちから「店が終わったあと、アフターで一緒に飲みに行こう」なんて誘ってもらったりして、今思えばすごくもったいないことをした。あまりに美人すぎて気後れしちゃって、手を出そうという発想すらまるでないわけよ。

**堀江**　しかしアレですね。年齢がずいぶん離れた大人と遊び回るのも、ちょいと肩がこりませんか。

**井川**　オヤジの知り合いに会うと、挨拶してちょっと話をしなきゃいけませんわな。25〜26歳くらいまではそうやって社交もしてたんだけど、30歳手前くらいになったらだんだん面倒くさくなってきちゃった。そのうち「人に頭を下げるよりも、自分の払いで好きに飲んでたほうがいいや」と思うようになって、六本木に出かけるようになった。

**堀江**　東大をドロップアウトして以降は、井川さんと僕は完全に違った道を歩んでたんですね。僕はずっと仕事まみれだったし、23歳のときにオン・ザ・エッヂを設立してからはさらに猛烈に忙しくなっちゃった。

**井川**　東大に入って以降まったく違う極北に離れたと思いきや、めぐりめぐって同じ東京地検特捜部に逮捕され、同じ東京拘置所の住人になり、囚人番号で呼ばれる御身分になる。どういうわけか檻の中の同窓生になってしまうとは、人生とはまことに数奇なものですな。

東大の教え

東大在学中に
銀座デビューをした

井川意高

東大なんてロクに通わず
ネットの世界に
入っていった

堀江貴文

# 第7章 シャバに戻ってきた井川と堀江

# 刑務所に入って変わった人生

## 逮捕のおかげで私は日本賭博史に名前を残せた

**井川**　3年2カ月の懲役刑を勤め上げたあとにしみじみ思うけど、カジノ狂いと特別背任事件が発覚しなければ、私は今ごろまだ大王製紙会長を務めていたかもしれない。少なくとも、50代前半の若さで経営陣から足を洗うなんてことは絶対になかった。

でもね、大王製紙の役員として人生の大半を終える生き方に、果たしてどれほどの意味があるのかと思う。たとえ年間5000億円の売上を立てている一部上場企業だといっても、10年後、20年後も安泰とは限らないからね。

**堀江**　東芝みたいに、ものの見事にズッコケてつぶれかけてる大企業もありますしね。

**井川**　今は栄華を誇っている大企業であっても、いつまで左うちわでいられるかなんて、誰にもわからない。それに社長なり会長を何らかの形で辞めたあと5年もたったら、みんなその人の存在なんて忘れてしまう。

大王製紙は、製紙業界では第3位かそこらの会社なわけよ。そこの創業家3代目の社長がちょこっとエリエールの事業を立て直したからといって、井川意高の名前はちっとも歴史には残らん。今回の事件のおかげで、しょうもない文化史の隅っこかもしれないけど、「井川意高」の名前は間違いなく歴史に刻印されたと思うよ。

**堀江**　井川さんの自叙伝『熔ける』は、累計10万部超えのベストセラーになりましたしね。ちなみに『熔ける』がバカ売れしてた当時、僕の自叙伝『ゼロ』も売り出し中だったんですよ。アマゾンで総合売上1位を取るのが目標だったのに、『熔ける』に1位を取られたせいで『ゼロ』が2位になっちゃった。あれは今でも悔しい。

**井川**　でも2人が歴史に名前を残したインパクトで言うと、たかぽんが100としたら、私が0・1くらいじゃないの。たかぽんは間違いなく現代史の一ページを飾ったよ。そのたかぽんと一緒にこうして対談本まで作れたのは、私が事件をやらかして逮捕されたおかげにほかならない。まさにケガの功名ですな。

大王製紙を辞めたおかげで、今後はうるせえオヤジから役員室で何も言われずに済む。毎晩朝まで酒を飲んで、翌朝は会社に行かなくたって誰からも後ろ指をさされることはない。経営者から失脚してかえって良かったよ。会議室でエグゼクティブとしてバリバリ働いているよりも、ヤクザな生き方、傾奇者《かぶきもの》として歌舞《かぶ》いてる生き方のほうが、本来の井川意高だったのかもしれない。

**堀江**　大王製紙やエリエールの名前は誰でも知っていますし、井川さんのおじいさんの代から作り上げた歴史があります。そういうデカい会社の社長や会長の座に就いていたら、プレッシャーや責任はハンパない。万が一会社をコケさせちゃったら、自分のせいで大勢の社員や家族が路頭に迷いますしね。

**井川**　そんな会社で窮屈な思いをしながら、たいして好きでもない仕事をやっているよりは、今のほうがよっぽど幸せだと思う。しかも製紙業界は斜陽産業だから、どんなにがんばったところで、マーケットは毎年アラル海のように干上がっていく一方だ。紙屋から引退して、やはり私は正解だったのだと思う。負け惜しみでも何でもなしにね。

## 逮捕されていなかったらホリエモンがLINEを作っていた⁉

**堀江**　僕は今でも、ライブドア事件は不当逮捕だったと思っています。だけど、覆水盆に返らずだから、いつまで愚痴っていても仕方ない。

ただ、せっかくオン・ザ・エッヂ旗揚げ当時から最高の技術者を集めてきたのに、事件のせいで技術者たちはバラバラになってしまいました。日本一の技術者が向こうから集まってくる組織にするまでのプロセスに、ものすごい時間と労力がかかるんですよ。一度その体制が完成したのに、もう一度その遠大なプロセスを再構築しなければいけなくなっちゃった。

**井川**　優秀なエンジニアは、勢いのある会社しか呼び集められないのはたしかだね。

**堀江**　人材こそ何よりも貴重な財産ですから。僕たちライブドアは、日本屈指の人材が向こうから集まってくるための仕掛けを作りました。

ＬＩＮＥの池邉智洋君（サービス開発担当の上級執行役員）に「ＬＩＮＥは昔のライブドアみたいな勢いを引き継いでるよね」と言ったことがあるんですよ。池邉君を中心に求心力が働いて、すごい技術者が集まってくる組織がＬＩＮＥにはできあがりました。

**井川**　はっきり言って、もしたかぽんが東京地検特捜部に逮捕されていなかったら、ＬＩＮＥはたかぽんが作っていたんじゃないの。しかも今のＬＩＮＥよりものすごいスピードで、事業をバンバン拡大していったんじゃないだろうか。東京地検特捜部は余計なことをしてくれたものだよ。日本がＩＴの世界で爆発的に飛躍する芽を、早々に摘んでしまったんだからね。

**堀江**　僕を基点にして、すごい人材がワーッと多動力を発揮する組織がせっかくできあがっていたのに、特捜にそれをブチ壊されてしまったことが一番惜しい。でも、僕は今ロケットの会社を立ち上げて地道にやってますけどね。あと5年も辛抱すれば、宇宙事業の分野でワーッとすげえ人材が集まってくると思いますよ。

ムショの教え

一部上場企業の
社長なんかより
傾奇者でいるほうが
自分らしい

井川意高

僕は今、宇宙にロケットを
飛ばすことに
夢中だ

堀江貴文

# 刑務所での内省

## ムショでうなされた悪夢

**堀江**　長野刑務所に入った当初、ウツ状態になってけっこうキツかったんですよ。仲良くしていた仲間たちがみんないなくなってしまうみたいな、切ない夢によくうなされました。

**井川**　どんなに強がっていても、刑務所にブチこまれた当初は精神的に相当やられてたんでしょうな。

**堀江**　でも、夢の内容はだんだん変わっていきました。最後のほうなんて、一緒に仕事をしているウザい受刑者が夢にまで出てきたから、かなり染まっていたんでしょう。

実は刑務所にいる間、車の運転免許が失効しちゃいました。懲役囚が自動車教習所に脱出するわけにもいかない。だから懲役囚がシャバに出てきたときには、免許失効から3年以内に在所証明書という書類をもっていけば、試験ナシで免許を更新できるんですよ。そんなことを考えていた当時、免許のことも夢に出てきました。なぜか10年間も、無免許で大型二輪に乗っててヤバいっていう。

**井川**　無免許運転がバレたら、仮釈放が取り消しになってムショに逆戻りしちゃう。現実とリンクしたなかなかリアルな夢ですな。

私のまわりの先輩受刑者は、とにかく甘いものを食いたいもんだから、スイーツの夢をしょっちゅう見ると言っていた。「コンビニに入って甘いものを買おうとするんだけど、何かの理由でどうしても口の中まで甘いものが入らねえんだよ」。その話を笑って聞いていたら、私まで同じ夢を見るようになったのよ。

コンビニの行列に並んでレジまで甘いお菓子をもっていくんだけど、レジが長すぎてちっとも自分の番が来ない。「買えない、買えない」とイライラしながら目が覚める。夢にまで見たスイーツ。よっぽど甘いものに飢えてたんだな。

**堀江**　暑いときに「コーラ飲みてえな」と思うことはあったけど、僕の場合は夢に見るほど甘いものには飢えていなかった。ちょうど甘いものがほしくなるころに運動会があって特別なオヤツが支給されたり、4類から3類に昇進して定期的にお菓子が食えるようになったので。井川さんは3類に昇進するまでに1年以上かかってるから、そういう夢を見たんじゃないかな。

**井川**　昇進は半年に1回しかないのに、入所早々懲罰を食らったせいでそのチャンスを逃しちゃった。入所のタイミングと懲罰の時期が悪かったせいで、昇進がだいぶ先になっちゃったんだよね。そのせいでコンビニのイライラ悪夢にうなされたんでしょうな。

## 夜な夜な「死の恐怖」と戦う毎日

**堀江**　僕は小さいころから「死の恐怖」に苦しんできたんですよ。でも、シャバにいるときはとてつもなく忙しく動いているから「死の恐怖」は忘れている。長野刑務所の独房で寝ているときには時間がありすぎて「人は必ず死ぬんだよな」という恐怖に襲われました。

**井川**　刑務所って起きてる間はいろんな仕事があって忙しいけど、夜9時から朝6時半まで強制的に寝なきゃいけないからね。9時間半も寝れやしないから、布団の上であれこれロクでもないことを考えてしまう。

**堀江**　夜9時にバチンと消灯されたら、眠たくなくても布団に入らなきゃいけない。消灯されてもすぐには眠れないし、本も読んじゃいけない。すると、ただもう目をつむって1時間も考えごとをするしかないわけですよね。ボーッとして、考えることも尽きてくると「死の恐怖」みたいな余計なことが頭に浮かんじゃう。

**井川**　私の場合、夜眠れないのは1時間くらいかと思っていた。苦しみつつも、夜10時過ぎには眠りについていたと自分では思ってた。「2種A」に制限区分が上がったとき、初めて時計を部屋に置けるようになったのよ。そのときわかったんだけど、実は夜12時まで眠れていなかった。布団に入ってから3時間も考えごとをしてたわけ。私の場合はたかぽんみたいに深刻だったわけじゃなくて「あの車ほしいな」とか、その日読んだ週刊誌の記事についてとか、しょうもないことばかり考えてたんだけどね。

## 刑務所でヴィクトール・フランクル『夜と霧』を読んで流した涙

**堀江** 井川さんはムショで泣いたりしましたか。僕の場合、ムショでは切ない悪夢を見たり多少ホロリとしたことはあるけど、ワーワー泣いた記憶がない。

**井川** 喜連川刑務所でヴィクトール・フランクルの『夜と霧』を読んで、いたく感動して涙を流してしまった。

**堀江** 本を読んで泣いたんですか。それは意外だ。しかもかなり堅い本なのに。

**井川** 私はアウシュビッツ系の話はどうも嫌いなのよ。だから「シンドラーのリスト」のような映画は全部スルーしちゃう。ヴィクトール・フランクルは精神分析医なんだけど、ナチスがやったこと、ユダヤ人が体験したことを、極めて淡々と本に書いている。あの本には激しく心を揺さぶられた。私は自分のことをもっと冷たい人間だと思ってたんだけど、こういう本を読んで涙したことに自分で驚いた。

それ以外には、ムショで泣いた記憶はないな。面会に来た人がけっこう泣いてたけど、私自身はわりと平気だった。

**堀江** 僕はムショの初期以外だと、東京拘置所にいたときが一番精神的に不安定でした。社員の寄せ書きを見たり、刑務官から優しい言葉をかけられたときには、拘置所で泣いたかな。なにしろ拘置所にいるときには、いったいいつまで勾留されるのか、東京地検特捜部からどこまで追及されるのか終わりが見えません。

懲役何年と刑期が決まっちゃえば、仮釈放までのタイムリミットが見えるから、ゴールに向かってがんばれます。ゴールが全然見えない拘置所のほうが、ムショよりもキツかったかな。

**井川** 総じて刑務官は、ムショよりも拘置所のほうが人情味があって優しいところがあるよね。もちろんみんな人を番号で呼んだり呼び捨てにしたり命令口調なんだけど、拘置所の職員には浪花節なところがある。

私が最初に東京拘置所に入ったとき、ベランメエ口調の年配の刑務官がいろんなことを説明してくれたのよ。「おい、窓際に立つのだけはやめてくれよな。首くってるみたいに見えて、こっちはドキッとするから」とか、言いにくいことを率直にテライなく言ってくれる。それから「まあ、ここに来るヤツはいろんな事情があって来てるんだけどもさ。キミがどういう理由でここに来たのか僕はよくわからんけども、まあ、がんばれや」みたいなことを言ってくれてジンワリくる。

**堀江**　東京拘置所にいる人間は、確定死刑囚を除いたら基本的に被疑者・被告人ですからね。推定無罪の原則に基づいて保護されている人間だから、犯罪者と決まったわけじゃない。だからまだ拘置所のほうが、僕らを人間扱いしてくれるんですよね。

**井川**　心の内をさらけ出すと、刑務所に3年2カ月いた間には、自分の来し方、過ぎしこと、家族のことなんかを考えた。元妻や子どもには大きな迷惑をかけたからね。

もともとあまり家になかなか帰ってこない父親だったし、父親らしいことはほとんどしてやれなかった。だから、子どもたちは表面上は私に対して淡々としていたけど、内心では「父親のせいで自分たちの将来が変わっちゃった」とは思っていたらしい。

**堀江**　子どもたちは学校でいじめに遭わなかったんですかね。

**井川**　子どもたちが通っていた学校はわりと上品なところなのよ。ほかにも事件で有名になった人間の子どもがいたりしても、クラスメイトの対応が変わったり、いじめられたりすることはないらしい。そこはだいぶ心配していたんだけど、幸い大丈夫だった。

なんといっても創業家2代目の父には取り返しのつかない迷惑をかけてしまった。父にとっては、じいさんの代から手塩にかけて育ててきた会社だからね。そのへんの後悔の念は、やはりムショでジワジワとボディブローのようにきいてきたことは確かだな。

## シャバの悩みの9割は「仕事」と「女」

**井川**　佐藤尊徳さんが喜連川刑務所まで面会に来てくれたとき、私はこんな本音を口にしたことがあった。「尊徳さん、やっぱりシャバの悩みの90％は仕事と女だね。こっちには仕事の悩みも女の悩みもない。だから本当にストレスフリーだよ」。男の悩みなんて、実際のところそんなものだよね。

**堀江**　僕なんて家族がいない独り者だから、そのストレスすらない。僕は井川さんと違って、生活面でも仕事面でも父親と密だったわけじゃないし、未だに両親とはめったなことでは連絡をとりません。たまに母親が連絡してくるけど、対応はウチのスタッフに任せています。

**井川** たかぽんの両親は、長野刑務所へは面会に来たの。

**堀江** いや、スタッフには「絶対連れてくるな」と頼んでいましたし、面会はほかの友だちや仕事関係の人を優先していっぱいいっぱいでした。

**井川** 面会はないにしても、両親から手紙くらいは来たでしょ。

**堀江** 手紙は来ましたね。あれはさすがに軽くウルっときたかな。

**井川** 仕事のストレス、女のストレス、家族のストレスから解放されたとき、残るは身近にいる刑務所内での人間関係だけがストレスの種だ。私は担当のオヤジ（刑務官）ともまわりの連中ともうまくいってたから、そのストレスはほとんどなかったんだな。

## 「人生で一番大事なのは女、そして、かなり離れてフェラーリだ」

**井川** 私はそれなりに高いシャンパンやワインを飲んで、それなりにいい食事をしてるほうだとは思うけど、普段は飲み食いしていても別段強いこだわりがあるわけじゃないのよ。食事や飲み会の席の居心地さえ良ければ、口に入るものはどうでもいい。それに、目の前にある食べ物や飲み物に強い執着心を見せるのは、はしたないことだという羞恥心がある。

仮に、毎日の昼ご飯は吉野家の牛丼かマックのハンバーガーかどっちかにしろと言われたとしても、それはそれでいいと思う。人間が食うとは思えないほどまずいメシを出す喜連川刑務所には腹が立ったけど、普通に食えるレベルの長野刑務所にいたら、食べ物に対して不満をもつこともなかったんじゃないかな。

**堀江**　長野刑務所は普通にメシがウマかったですからね。

**井川**　食事や酒への不満よりも、女の子と遊べないことのほうがよっぽどつらかったかな。性欲がどうのこうのということではなく、女の子と一緒に楽しい時間を過ごせないのがキツかった。

**堀江**　刑務所はとにかく殺伐としていますからね。僕のときも、女性が面会に来てくれたり雑誌のグラビアで女の子を見ると、砂漠のオアシスのように気持ちが落ち着きました。

**井川**　アル・パチーノが出ていた「セント・オブ・ウーマン　夢の香り」という映画があるでしょ。私はあの映画が好きなのよ。盲目の退役軍人であるアル・パチーノが言うセリフの中に、こんなのがあるのよ。「オレの人生の中で一番大事なのは女、そして、かなり離れてフェラーリだ」。そんなもんですよ、やっぱり。男ってみんなそうじゃないかな。

本能寺の変で明智光秀に討たれた織田信長

**堀江**　ムショの中では、大王製紙からの井川一族追放劇を思い返してムカついたりしませんでしたか。

**井川**　いやあ、そこを考えたらイラッとするから、あまり考えないようにしていた。でもクーデターがあったおかげで、トクしたこともある。佐光正義（現・大王製紙代表取締役社長）が謀反を起こしてくれたおかげで、私に限らず弟やオヤジ、お袋の持ち株が、だいたい時価純資産評価の2・5倍から3倍で売れたのよ。我々の籍が会社に残っていたら、そうはいかない。

　オヤジには悪いけれども、私も弟も大王製紙の仕事をやりたいと思っていたわけじゃない。井川家に生まれた責務だと思って、楽しくもない仕事だけど、責任感と義務感とで、自分なりに最善を尽くしてやってたわけだ。だから仕事に楽しみなんて一度も感じたことはなかった。

**堀江**　ああいう形で会社を追われることになったわけですけど、井川さんにとっては結果オーライだったんだ。

**井川**　オヤジはそうは思ってないだろうけどね。信頼して社長にまで引き上げた佐光に寝首をかかれたんだから。だけどオヤジは、私に対してひとことも「お前のせいでこうなった」とは責めなかった。あれは我が父ながら立派だと思う。オヤジは手紙を書くような人間ではないけど、アカ落ちした直後の東京拘置所と、喜連川刑務所に1回ずつ面会に来てくれた。そのときも愚痴を言ったり私を責めることはなかったな。

**堀江**　お父さんは、後釜の佐光さんに裏切られて大王製紙を追放されるとは思っていなかったんですかね。

**井川**　まったく思わなかったから、彼を後釜に選んだのだろうね。織田信長みたいなもので、まさか本能寺で明智光秀が自分を討つとは思わない。組織であまりにも強い権力を握っていると、「身内に牙をむかれることなんてない」と過信しちゃうんでしょうな。

## ムショの教え

### シャバの悩みの9割は「仕事」と「女」

井川意高

### 独房では気を抜くと「死の恐怖」に襲われた

堀江貴文

## 前科者を待ち受ける不都合な人生

### 出所してから始まった気楽なニート生活

**井川**　それにしても、たかぽんはホントにタフガイだよね。普通は仮釈放されて出所してきたら、しばらくのんびりしたり、シャバに慣れるまでリハビリ風な生活でもするもんでしょ。たかぽんは長野刑務所から出てきた瞬間に記者会見だし、メルマガ発行もまったく休まない。仮釈放後から仕事をすぐさまガンガン入れこんで今に至るもんね。

**堀江**　いやあ、僕にとっては、長野刑務所での日々なんて暇で暇でしょうがなかった。なにしろ夜は9時間半も強制的に布団の中ですから。あんな生活をしていたら疲れなんて全然たまりもしない。シャバに出てきた瞬間から、水を得た魚でしたよ。井川さんは仮釈放されてから、しばらくどんな生活スタイルですか。

**井川**　夜は例によって会食続きだし、昼前にゴソゴソ起きる感じかな。午後はジムに行ったりムショにいる間に会えなかった人と会ったり。まあ、いわゆるニートの生活ですわ。

**堀江**　事業の話も来ているでしょ。

**井川**　出所早々にビジネスの話もポツポツいただいてはいるけど、まだ仮釈放の身でもあるし、満期になるまではのんびりかな。御隠居の身になるにはまだ早い気もするし、そのうち何か新しいビジネスでも始めるかもしれないけどね。たかぽんは刑務所にいる間から、ずっとビジネスプランのことで頭がいっぱいだったでしょ。

**堀江**　まあ、それも一つの時間つぶしですから。

**井川**　私もムショで「何か新しくやれることはないかな」と考えたけど、1人でじっと考えこんでいても、そうそうおもしろいビジネスプランやビジネスモデルなんて思いつかない。中は情報量が少ないしね。本気でビジネスをやるためには、外でいろいろな人と直接意見交換しながら刺激を得ないと。紙の上から得た情報と空想を組み合わせてビジネスを思いつくなんて、天才はできるのかもしれないけど私には無理ですわ。

いずれにせよ、まずは刑期満了まで無事過ごすことが最優先ですな。私は刑期が9カ月半残った状態で仮釈放されたから、万一何かやらかして罰金刑以上が確定すると、残り9カ月半の懲役をやり直さなければならなくなる。だからまだ不安定な状態なんだ。

**堀江**　刑期満了までは、そこが落ち着かないですよね。

**井川**　だから、車の運転なんて自分では絶対やらない。運転中に赤切符を切られたり、横から自転車が突っこんでくるもらい事故で過失運転致傷になったら、それだけで刑務所へゴーバックだから。

**堀江** そういうことは十分起こりえますから、運転なんて絶対しないほうがいいです。

## かなりハードルが高い元犯罪者の海外旅行

**井川** たかぽんがすげえなと思ったのは、仮釈放中もけっこう海外旅行に出かけてたよね。

**堀江** 僕の場合面倒くさかったのは、逮捕されて3年後くらいにパスポートの期限が切れちゃったんですよ。だからシャバに出てきてからは、1年ごとの限定パスポートを毎年取り直して出かけてます。パスポートさえあれば、たいていの国は仮釈放中でも普通に行けるんじゃないですかね。

**井川** 国内旅行であっても、7日以上の旅の場合は申請書を出さなきゃいけないんだよね。そういう手続きを怠ると、たちまち仮釈放が取り消されてしまう。

**堀江** パスポートの期限はまだ大丈夫なんですか。

**井川** 2019年までの10年パスポートをもってるから大丈夫。

**堀江** ああ、だったら何の問題もないです。アメリカに行くときに必要なESTA

(Electronic System for Travel Authorization＝電子渡航認証システム）というビザ免除プログラムが最大のネックなんですよ。アメリカは犯歴がある人間にうるさいから、僕も渡米するたびに空港のセキュリティ・チェックで別室に連れていかれて、普通の人が受けなくてもいい厳しいチェックを受けさせられます。

そもそもアメリカの場合、前科者はESTAでビザを免除すること自体が危ない。だから僕の場合、渡米するときにはアメリカのB-1ビザ（商用）ないしB-2ビザ（旅行）をけっこう苦労して取ります。間違ってシングルエントリーにすると1回きりしか使えないので、1年のうち何度渡米してもいいように、マルチエントリーのB-1ないしB-2ビザを毎年取り続けています。

**井川**　なるほど。もし今後私がラスベガスに通うなんてことがあるときには、マルチエントリーのB-2ビザを取る必要があるわけか。

**堀江**　ほかにESTAみたいなシステムを採用している国は、カナダとオーストラリアなので注意が必要です。ヨーロッパでも近い将来ESTAみたいなものが始まるそうだから、5年後とか10年後のEUやイギリスはヤバいかもしれませんね。

アメリカについては、永遠に逮捕歴が残ります。だから井川さんも僕も、今後アメリカに行くときには、一生ＥＳＴＡは使わないほうがいい。日本はずっと緩くて、刑期満了から10年たつと刑の言い渡しが効力を失うんですよ。

**井川**　法務省がデータを消去するとは思えないけど、タテマエ上、いったん前科が消えるんだ。

**堀江**　競馬法の規定上、禁固以上の刑を受けた者は馬主になる資格が取れないことになってるんですよ。執行猶予つきの懲役刑を言い渡された人は、執行猶予が終わった瞬間に刑の言い渡しが効力を失う。実刑を受けた人は、刑期満了から10年後に刑の言い渡しが効力を失う。

**井川**　その段階でようやく馬主になる資格が取れるってわけか。私もたかぽんも、ＪＲＡ（日本中央競馬会）の競馬場で馬を走らせることができるようになるまでには、まだしばらく辛抱が必要というわけですな。

ムショの教え

まずは刑期満了まで
無事に過ごすことが最優先

井川意高

シャバに出たその瞬間から
無数のアイデアが
湧き出てきた

堀江貴文

## 元犯罪者の人生はそれでも続く

### 「ホリエモン＝犯罪者」なんてみんな忘れてる

**堀江**　人間ってすぐ忘れる生き物なんですよ。だって僕が長野刑務所からシャバに出てきたのは4年前なのに、僕が元犯罪者だってことを多くの人が忘れてるんじゃないですか。

**井川**　特捜検察がガサ入れしたときは、日本中のマスコミが「ホリエモン＝極悪犯罪者」と喧伝したものだった。なのに今や、たかぽんはゴールデンタイムのバラエティ番組に出演したり、朝の「サンデー・ジャポン」で普通にコメンテーターをやってるもんね。

**堀江**　人間の記憶ほどいい加減なものはないんですよ。だったら、みんなの記憶なんて全部塗りつぶして、新しいイメージで上書きしちゃえばいい。そのうち「堀江って昔、何かすげえ罪で捕まったらしいぞ」みたいな言説ですら、「えっ、そんなのウソでしょ。都市伝説でしょ。フェイクニュースだよ」となりますから。ググれカスと言いたいけど、ウィキペディアすら調べようとしない横着者が世の中にはあまりにも多い。ということは、負の歴史なんてあっという間に忘れ去られるんです。

**井川**　仮釈放された直後の2017年2月、私の著書『熔ける』が幻冬舎で文庫化されたのよ。文庫本をお袋に見せたら「えーっ！　せっかく世間があんたのことを忘れかけてるのに、なんで本なんて出すのよ」と眉をひそめる。私はこう言い返した。

「いやいや、逆だよ、お袋。このままだったら、オレはただの犯罪者として、記憶され、その記憶さえもやがてみんなの頭の片隅から消えてしまう。こうやってもう1回本を出してもらえば、『なんだか知らないけどおもしろそうなヤツだな』と思われて、良くも悪くも人々の記憶に残るから」

**堀江**　ヤクザから作家に転身した安部譲二みたいな人もいますしね。10年以上前のことなんて、みんなにとっては終わったこと、なかったことなんです。だったら、そんな過去は逆手にとって新しいことを始めちゃったほうがいい。

釈放から10年もたてば、テレビは「ホリエモン＝元犯罪者」だということすらまったく言わなくなるんじゃないですか。だって、僕が仮釈放されてからたった4年しかたってないのに、NHKが「初の民間宇宙ロケット　打ち上げへ」なんてテレビ中継して、僕のインタビューまで流してくれるんですから。

## ライザップよりすごい「獄中ダイエット」

**井川**　私はシャバにいるときは、酒の飲みすぎで標準体重よりも10キロくらい重かったのよ。ムショにいる間に最高20キロも痩せちゃって、おかげで歩くのが全然苦にならなくなった。

**堀江**　シャバに出てきた井川さんを見たときは、だいぶ痩せててビックリした。余計な肉がそげ落ちて、大河ドラマに出てくる織田信長みたいになってましたよね。

**井川**　私はシャバに出てきてから、週に3回欠かさず、ジムでパーソナル・トレーナーについて1時間トレーニングしてるのよ。10キロのダンベルをもち上げると「うわっ、かつてのオレは体にこんな重みを抱えて歩いてたのか。そりゃ、たった100メートル離れた距離でもタクシーに乗りたいと思ったのも無理ねえな」と思った。出所時には10キロ体重が落ちていたから、今はいくら歩いても全然平気ですわ。

**堀江**　刑務所から出てきたときは、前は絶対自分には似合わなかった服が普通に着られるようになったのもうれしかった。

**井川**　それは言えてるな。私もシャバに出てきてからスーツを作りに行ったら、イタリアンサイズの46がピッタリになっててうれしかった。10キロ減るとかなり違いますわな。シャバでは筋肉をちゃんとつけて、飲んでも太らないような体質にしたいと思って、体脂肪率は低いときで14％台、そこから16％台を行ったり来たりしてる。BMI（Body Mass Index＝体重や身長から計算する肥満指数）は21・6〜21・7だから、ちょうど標準体重の健康体だと思う。

**堀江**　僕もシャバに出てきてからリバウンドしたり、ライザップの仕事をしてガーンと絞ったりしてます。ダイエットにはいろんな方法があるけど、獄中ダイエットに勝る効果的な方法はない。

**井川**　もし再び90キロ超えみたいなことになったら、もう1回ムショに入れば話が早い。それは冗談として、私も女の子の前でいつ水着になっても恥ずかしくないように、がんばって週3はジムに通おうと思うよ。何事も動機は不純であるほうが、あとで出る効果は大きい。

ダイエット目的でも何でもいいけど、3年に1回、シャバっ気を抜くために刑務所みたいな特殊閉鎖空間にこもるのもいいかもしれませんわな。

**堀江**　うーん、1カ月だったらやってもいいかな。

**井川**　1カ月じゃデトックスにならないでしょ。やっぱり3カ月くらいこもらないと。規則正しくリズミカルな生活と食事をして酒を完全に抜いたら、人間誰だって身も心も浄化される。あっという間に痩せるしね。３カ月限定で修行僧のように瞑想と隠遁生活を送ったら、デトックス効果が出るに違いない。ムショに入るかどうかは別にして、人間誰しも、シャバでついた余計なアカは人生のどこかのタイミングで1回きれいに落としたほうがいいよね。

## ムショの教え

シャバでついた余計なアカは
1回どこかできれいに
落としたほうがいい

井川意高

人間の記憶ほど
いい加減なものはない。
だったら新しいイメージで
何度だって上書きしてしまえ

堀江貴文

おわりに

# 人間万事塞翁が馬

東京地検特捜部に逮捕されて東京拘置所に閉じこめられていた間、僕を支えてくれたのはシャバから届けられる「ロケットの図面」だった。あの設計図がなければ、僕は拘置所の中できっと心が折れていた。独房でロケットの図面と専門書を眺めながら、僕はいつしか成層圏から漆黒の大宇宙へと体ごと飛び出していた。

「宇宙へロケットを飛ばしたい」と本気で思い始めたのは、ライブドアによるプロ野球チーム買収計画やニッポン放送、フジテレビ買収計画が日本中で話題になっていたころのことだ。

日本のロケット開発は、ＪＡＸＡ（宇宙航空研究開発機構）が中心となって進められる国策事業である。

ＪＡＸＡ方式のロケット打ち上げには、１回あたり何十億円もの膨大なコストがかかる。

これでは、いつまでたっても民間人による安価な宇宙旅行は夢のまた夢だ。

100万円単位のコストで、民間人が宇宙へ旅することはできないものか。そう思ったとき、僕と同じことを考えていた同志と出会った。宇宙開発エンジニアの野田篤司氏だ。野田氏のロケット開発計画に、僕は大きな可能性を感じた。そこで事業資金を投資し、共に宇宙へロケットを飛ばすことに決めた。

資材調達などロケット発射実験の準備を着々と進めていたなか、突然思いもよらない事件が勃発する。2006年1月、証券取引法違反の容疑での逮捕である。

ロケット開発事業は、ここでバラバラに空中分解してもおかしくなかった。だが彼らは「なつのロケット団」(のちに「インターステラテクノロジズ株式会社」へと発展)を結成し、僕の逮捕後も変わることなくロケット開発を続けた。彼らが届けてくれたロケットの図面は、東京拘置所で心が折れかけていた僕を常に支えてくれたのだ。

僕が宇宙へのロケット発射にこだわるのは、自分が宇宙に行きたいからではない。ロケットが日常的に飛ぶことによって、何万、何十万という人が宇宙に行くようになる。そうすれば、絶対にヤバい人間、おもしろすぎる異能の徒が出現するのだ。

頭のネジがぶっ飛んだ〝宇宙人〟は、想像もしないイノベーションを生み出してくれるはずだ。僕はまだ誰も見たことのない未来を見たいだけなのだ。

「なつのロケット団」は、文字どおり手作りでイチからロケット開発を進めていった。ホームセンターで買ってきた資材を使い、自宅の台所やベランダをラボとし、仲間たちは手探りでロケットを造っていった。そして2011年3月、とうとう「なつのロケット団」は小型ロケット「はるいちばん」の打ち上げ実験に成功したのだ。それから3カ月後、僕は長野刑務所へと収監された。

長野刑務所からの仮釈放が決まったのは、2013年3月21日、木曜日のことだ。翌週の3月27日、水曜日にとうとうシャバに戻れるという。その瞬間、僕の頭に真っ先に浮かんだのは、なぜか「土曜日のお菓子」のことだった。土曜日の集会でもらえるはずであるお菓子の処遇のほうが、シャバに出られることよりも優先順位が高かったのだ。

これには我ながら苦笑した。刑務所生活を送る間に、僕は完全に受刑者脳になっていたのだ。刑務官に集会について質問したところ「集会にどうしても出たいならなんとかしてやらんでもない。でも、堀江は菓子を食えればいいんだろ」と言われた。そして、刑務官は「菓子は部屋に入れてやるから心配するな」と言う。

こうして土曜日は、集会に出る必要もなく朝9時から夜9時までずっとテレビを見放題だった。この間お菓子は自由に食べられるし、信じられないことに、チャンネルも自由に変えられる。「自由とはなんと素晴らしいのだ」。仮釈放直前のいきなりの贅沢に、僕は心から酔いしれた。


東京地検特捜部に逮捕され、刑務所にまでブチこまれてしまったことによって、僕の人生は大きく舵取りが狂ってしまった。そのことはとても理不尽だと思っているし、捜査のやり方、裁判の結果については今も納得していない。だが「人間万事塞翁が馬」（人間の幸不幸は予測不能）だ。人生には良いときもあれば、悪いときもある。

特捜検察に逮捕されるまでの僕の人生は、今思い返せばうまくいきすぎだったのかもしれない。人に対して横柄な態度をとったり、感謝の気持ちや謙虚さを忘れていた側面もあったのだと思う。いい気になりすぎていた場面もあるだろう。そのことを快く思わない人たちによって、僕は足をすくわれてしまった。そして人生をメチャクチャにされ、刑務所という最悪の環境に堕ちぶれてしまった。インターネットの未来を信じて、休むことなく突っ走り続けた人生が、強制的に、止められてしまった。ものすごく無駄な30代後半を過ごしてしまったと思っている。しかし、そのことを今悔やんでも、仕方がない。

晴れてシャバに出てきてからというもの、僕は再び、多動力がありすぎる毎日を送っている。ムショのときのようにボーっと過ごす時間はまったくない。かつて僕のことをさんざんバッシングしまくったテレビや新聞、週刊誌に出る機会も増えた。

日本人には、つまずいた人間を集団リンチして叩きつぶす陰湿な性質がある。しかし同時に、ものすごく忘れっぽい。何とも勝手なものだが、ついこの間、僕が東京地検特捜部に逮捕され、長野刑務所に収監されたことを、みんなすでに忘れている。

２０１７年7月30日、僕は北海道大樹町のロケット発射実験場にいた。この日、長さ10メートルのロケット「ＭＯＭＯ初号機」（通称「ホリエモンロケット」）が１００キロ先の宇宙へ打ち上げられようとしていたのだ。実験が成功すれば、民間が開発した宇宙ロケットとしては、日本初の事例となる。

天候に恵まれなかったこともあり、打ち上げは延期につぐ延期となっていた。そして7

月30日午後4時32分、ついに「ホリエモンロケット」は宇宙へ向かって飛び立った。しかし、発射直後に通信が途絶し。海上に墜落した。だが、失敗してしまったものの、今回の失敗のおかげで貴重なデータが取れた。「ホリエモンロケット」が宇宙へ飛び出す日は決して遠くないはずだ。

井川意高氏が106億8000万円を熔かしたバカラになぞらえて言えば、人生のバクチなんて丁と出るときもあれば、半と出るときだってある。

成功するまで走り続ければいい。それだけの話だ。

大樹町の実験場には、悪天候にもかかわらず大勢の老若男女が早朝から集まってくれた。誰もがロケット打ち上げの夢とロマンにワクワクしていたに違いない。NHKをはじめとするマスコミ各社も、現場でカメラを回しながらトップニュースで速報を流してくれた。たった数年前まで「囚人番号755」だった元懲役囚の僕は、ロケットへの最大の出資者としてインタビューを受けた。僕のコメントは、NHKでは「実業家」の肩書きとともに紹介されたそうだ。

東大から刑務所へ堕ちた僕の人生は、不運ではあったと思う。だが、僕の人生が不幸だと決まったわけではない。たとえひとたびつまずいて転んだとしても、人間は必ず再び立ち上がれる。これからの人生を通じて、僕はそのことを身をもって証明していく。井川意高氏もまた、きっとまったく同じ気持ちだと僕は思うのだ。

２０１７年7月30日　ロケット発射実験を終えたばかりの北海道大樹町にて

堀江貴文

## 著者略歴

### 堀江貴文《ほりえたかふみ》

一九七二年、福岡県生まれ。SNS media&consulting 株式会社ファウンダー。現在は宇宙ロケット開発や、スマホアプリ「TERIYAKI」「755」「マンガ新聞」のプロデュース、予防医療普及協会の活動など幅広い活躍をみせる。有料メールマガジン「堀江貴文のブログでは言えない話」の読者は一万数千人の規模に。二〇一四年八月には会員制のコミュニケーションサロン「堀江貴文イノベーション大学校」(http://salon.horiemon.com/ )をスタートした。近著に『すべての教育は「洗脳」である』『むだ死にしない技術』『多動力』など。

Twitterアカウント：@takapon_jp

その他、詳細は HORIEMON.COM へ。

### 井川意高《いかわもとたか》

一九六四年、京都府生まれ。八七年、大王製紙に入社。二〇〇七年、大王製紙取締役社長になる。同会長を務めていた一〇年から一一年にかけ、カジノでの使用目的で子会社から総額一〇六億八〇〇〇万円もの資金を借り入れた事実が発覚。会長職を辞任した後の一一年一一月、会社法違反(特別背任)の容疑で東京地検特捜部に逮捕される。一三年六月、最高裁にて上告が棄却され、懲役四年の実刑判決が確定した。三年二カ月服役し、一六年一二月一四日に仮出所した。

幻冬舎新書 470

# 東大から刑務所へ

二〇一七年九月三十日 第一刷発行
二〇二四年三月 十 日 第四刷発行

著者 堀江貴文＋井川意高

発行人 見城 徹
編集人 志儀保博

発行所 株式会社 幻冬舎
〒一五一-〇〇五一 東京都渋谷区千駄ヶ谷四-九-七
電話 〇三-五四一一-六二一一(編集)
〇三-五四一一-六二二二(営業)
公式HP https://www.gentosha.co.jp/

ブックデザイン 鈴木成一デザイン室
印刷・製本所 中央精版印刷株式会社



Printed in Japan ISBN978-4-344-98471-4 C0295
ほ-7-1

＊この本に関するご意見・ご感想は、左記アンケートフォームからお寄せください。
https://www.gentosha.co.jp/e/

幻冬舎新書

石原慎太郎
## エゴの力

人生を決めるのは神でも仏でもない。己のエゴだ！　偉人たちのエピソードをもとにエゴが勝敗や成否を分けた決定的瞬間を考察。人生の定理がよく分かる画期的自己啓発エッセイ。

イケダハヤト
## まだ東京で消耗してるの？
環境を変えるだけで人生はうまくいく

東京を捨て、高知県の限界集落に移住しただけで「生活コストが劇的に下がり」「子育てが容易になり」「年収も上がった」と語る著者。地方出身者も知らない、地方移住の魅力が分かる一冊。

桜井章一
## ツキの正体
運を引き寄せる技術

ツキは、突然湧いてくると思われがちだが、実は必ず人を選んでいる。麻雀の世界で二十年間無敗の伝説を持つ著者が、場の空気の変化を敏感にとらえ、運の流れを見抜く方法をわかりやすく伝授。

桜井章一　藤田晋
## 運を支配する

勝負に必要なのは、運をものにする思考法や習慣である。20年間無敗の雀鬼・桜井氏と、「麻雀最強位」タイトルホルダーの藤田氏が自らの体験をもとに実践的な運のつかみ方を指南。